中国文学名家散文精选丛书

人生况味容细说

陈福荣　著

江西高校出版社
JIANGXI UNIVERSITIES AND COLLEGES PRESS

南　昌

图书在版编目（CIP）数据

人生况味容细说 / 陈福荣著 . -- 南昌：江西高校
出版社 , 2025.6. --（中国文学名家散文精选丛书）.
ISBN 978-7-5762-5672-7

Ⅰ . I267

中国国家版本馆 CIP 数据核字第 2024UN8684 号

责 任 编 辑　王　月
装 帧 设 计　夏梓郡

出 版 发 行　江西高校出版社
社　　　　址　江西省南昌市新建区工业二路 508 号
邮 政 编 码　330100
总 编 室 电 话　0791-88504319
销 售 电 话　0791-88505090
网　　　　址　www. juacp. com
印　　　　刷　鸿鹄（唐山）印务有限公司
经　　　　销　全国新华书店
开　　　　本　650 mm×920 mm　1/16
印　　　　张　13
字　　　　数　160 千字
版　　　　次　2025 年 6 月第 1 版
印　　　　次　2025 年 6 月第 1 次印刷
书　　　　号　ISBN 978-7-5762-5672-7
定　　　　价　58.00 元

赣版权登字 -07-2024-940

目　录
CONTENTS

第二辑
读书感想篇

第三辑
教苑拾锦辑

第一辑 生活实录篇

芥菜

在菇溪一带，至今还保留着农历二月二吃芥菜饭这一习俗。每到农历二月二，家家户户都要煮出一顿芥菜饭。至于为何吃芥菜饭，隐隐约约只记得它是有来由的，内容不甚明了。不过，我心里清楚：芥菜饭具有食补功效！

芥菜饭主要成份配料是芥菜。芥菜，于我而言，自然是最熟悉不过的了。儿时，吃咸菜，母亲总要给我们兄弟留几个咀之有味的芥菜苤，虽有点酸，却爽口开胃。成人后，在我侍弄过的许多庄稼作物中，芥菜也名列其间。每年正月炒水浸糕时，往往少不了放些芥菜梗。在异乡教书期间，种在花坛里的那几株芥菜更是出尽风头——几位与我互通有无的同事都曾就近剥它下锅；留作种子的那棵芥菜还曾被一个同事的老婆折去一截岔开的权哩。

芥菜，仅以一颗毫不起眼的细微种子，竟可培育成重约四五公斤的庞然大菜，你能不对它刮目相看么？春色盈漾的原野上，每逢谷子落田油菜结籽时分，芥菜也可望收获了。等待收获的芥菜大都茎儿粗壮如棒、肥硕若臂；而叶儿宽阔如扇、颀长若瓢，掬之沉甸甸的，似铅块。凝视着这些将要走出庄稼地的芥菜那蓬蓬勃勃、富有朝气的精神风貌，你会情不自禁地滋生出一股豪情来。

芥菜一收割，最忙碌的要数农妇了。一棵棵芥菜被长满粗茧的双手装进筐篓里，一颤一颤地挑向沟湄溪滨，滑落在澄澈见底的流水里，柔柔地洗着，这感觉是多么亲切呀！鹅鸭们很会凑趣，追逐着浮荡的叶子，不时地从扁嘴里甩出一串串欢叫声……洗净后的芥菜被捞上岸后，随意地搭晒于鹅卵石上，顿时给单调的缺乏色彩的滩头平添了一层绿意，赏心悦目！

农妇们将芥菜收进屋后，腌制一番便成咸菜；再晒蒸掉水分，便成霉干菜。那黄澄澄的咸菜或霉干菜都曾是我们祖祖辈辈不可缺失且随时备用的主菜。农妇们是不会暴殄天物的，她们深知"一粥一饭，当思来处不易；半丝半缕，恒念物力维艰"的道理，那怕是芥菜苴，也舍不得扔弃，总要加工一番作为佐餐之料。调制芥菜苴的工序颇简不繁，只需将其置于木盂或陶罐里，撒上盐粒，腌压几天即可食用。食用时，浸些醋液，拌以味精，准令饥肠辘辘者吃得津津有味。尤其是喝稀粥，以它佐餐，更是别有一番风味。

芥菜是一种极为平民化的菜蔬，在祖辈们贫困的岁月里，它曾为艰难的生存发挥过"保驾护航"的作用，迄今仍未退出农村生活的舞台，依然在给我们的生命补给所需的营养。它在带给我们口腹实惠的同时，也在为充实我们的生活展示一波又一波的诗意浓郁的境界。基于此，我由衷地赞美它。

竹缘

写竹子的诗文难以数计。显然，竹子有着挡不住的魅力。

不会诗文的父亲也钟爱着竹子。生前，他在一处山场，也是自己的墓地边专注地栽植下一株去顶包膜的竹子……

记得我曾写过一则有关竹子的寓言。题为《做大根系》，讲的是竹子用了足足五年在积蓄能量，临到第六年春来，便昂然崛起，一发不可收拾。

当然，父亲栽下的竹子也不例外。它们在我的耐心等待中奋然挺凸而出了，不过多久居然成了一片郁郁葱葱的竹林。这竹林，特别养眼。酷暑难熬，便成了我们纳凉的好去处。用途更不止于此。砍下几根金黄的老竹，便捷至极；春来挖些肥笋尝鲜，颇为自得。他人求用，也不吝啬。所以，这竹林委实分量不轻！

说起竹子，就会不由自主地想到在异地教书的那些岁月。其地虽是穷乡僻壤，但漫山遍坡的绿色显示出它不愧为名副其实的竹乡。那儿翠竹连岗接坡的，挺拔茂密。山风过处，竹影婆娑，绿浪起伏，素有"竹海"之美称，美景不亚于江苏宜兴南部山区的毛竹基地。它留给我的印象很深刻。依稀记得在《初临黄皮》与《丁丑初春黄皮看雪》之三的诗里都提到过它："家园入念舒眸望，四处皆山蔽竹松。白日斯乡也静寂，惟闻鸟语荡长空"、"圈状峰峦发浅白，松杉与竹放银花。舒眸造化神来笔，画就山乡处处佳"。之后在《晓起倚栏观竹口占》又侧重描述过它："雨过前山湿竹林，竿竿翠亮展欣欣。舒眸不拒春风染，爱煞琼姿付朗吟"。或许这些都只是皮相上的粉墨饰词，可我敝帚自珍地积藏着。

再后来，我还一气呵成地写了两首《咏竹》。其一：冲霄劲竹性如斯，敢向风霜炫斗姿！蓄取清凉图奉献，养成翠碧赖扶持。根钻瘠土非凡质，顶蕴虚心谁不师？纵作诗材也抢购，直含亮节众夸之。其二：若问："何由众羡之？""严寒酷暑俱宜时。"侵炎不肯渝妍色，抗冷犹能葆斗姿。驭雪摧风惟试韧，涵寒养碧莫嫌迟。根扎劣境非卑贱，顶蕴虚心是众师。对竹子之喜爱，由此可见一斑了。

另外，我还以童谣的形式写过竹子去参赛哩。"大山深处多竹子，要变金子动脑子。帮扶一把铺路子，编筐制织成金子。"这首《竹子变金子》的童谣就是山区人民寻求致富出路的写照，应该算是有点时代感的韵味了吧？它被选入了戚万凯主编的中国第一本关于脱贫攻坚的童谣集《幸福歌儿满山坡》。

拜年

　　菇溪一带至今还保留着这么一种约定俗成的风气——新年的第一天不是走亲访友，将它专门留给了自己，打扮得漂漂亮亮，畅快淋漓地玩上一天，借此讨个整岁舒意的彩头。因此，拜年的黄金时间往往延移至初二初三，甚至更迟，难怪又有"有心拜年，端午不晚"的说法。

　　提及拜年，谁都经历过，只不过拜年时的心境各有不同而已。小时候，去的是外婆家；长大了，则更换门庭，要进孩子的外婆家了。如此一来，拜年之于每一个人都可谓最熟稔不过了。回想起第一次去外婆家拜年的境况，不免要生出一番感慨。

　　记得那时，跟随着比我大几岁的哥哥走在去外婆家的路上，可开心啦，时而转圈，时而疯跑，时而欢叫……哥哥的手臂上挽着一只竹篮子，里头放有一刀猪肉和几个纸蓬包。纸蓬包里究系何物，我只能凭着自己的好奇做一番猜测。看那扎得严实的，料想是糖霜吧。那捆得略为宽松些的，手指便会禁不住诱惑地去试探，结果才知道是一些红枣。在物质极端匮乏的年代，有此举动也就不足为奇了。

到了外婆家，喝过茶后去玩，再过一会儿便吃"点心"了。摆在桌子上的是一碗满满的"点心"，看着一块黄澄澄的炒鸡蛋覆盖在热气腾腾的粉干上，不由得你不馋涎欲滴了。只待外婆一声"吃吧"，我才敢举起筷子来。因为母亲曾再三叮嘱我，做客不能造次，否则会给人留下不好印象的。面对开胃的"点心"，虽然我很想狼吞虎咽地吃上一回，但毕竟没有那样做。不过，"点心碗"还是很快就变得空空如也了。趁着我和哥哥吃"点心"的那一刻，外婆从竹篮子里拿出了猪肉与纸蓬包，之后放进了薯枣片、甘蔗、落花生、糯米糖之类的"回礼"。临走时，她从内衣里掏出一条折叠着的手帕，小心翼翼地打开，抽出两张崭新的一元纸币分发给我和哥哥当压岁钱。在回家的路上，盯着竹篮子里爽口的"回礼"，我的心里充溢着无比的欢乐。如今，外婆已经是九十开外的老人，儿子也近二十岁的年纪了，一年一度的拜年也从未间断过，可不知为什么，最初去外婆家的那次拜年总是淡忘不了。

随着拜年的次数递增，馈赠的礼品也在不断地提高档次。从70年代的纸蓬包易成80年代的2斤装的糖霜，进而易成荔枝桂圆，再发展至90年代的"金龙鱼"标识植物油及各类名酒。配合着馈赠礼品的年年更换岁岁翻新，吃的"点心"也在每年都有变化。从"荷包蛋"到八宝粥莲子汤，再发展到如今所享用的一桌子的美味佳肴，又有谁感受不到生活条件的不断改善呢？

岁月如歌啊，拜年是演绎欢乐情感的载体，历来深受人们的重视。它作为一个最为古老的传统习俗，之所以能在中华民族这块沃壤上"生生不息"代代沿袭，全是因为我们都懂得血浓于水的亲情是不可以淡忘的，数典忘祖必将遭到历史的唾弃！

福音

李大妈含辛茹苦地把两个儿子拉扯大了。不料两个儿子们的羽翼一丰满，翅膀一硬朗，都飞进县城去了，在那里成家立室，筑巢长居。其实，做母亲的可高兴啦，儿子不负众望，出人头地，从农村户口转为城镇居民，并非易事啊，多亏了他们有能耐有出息！

头一年中秋节的前夕，李大妈收到了两张都是 1000 元的汇票。

"大妈，您真是好福气哟，有这么两个孝顺的儿子！"邻人说。李大妈听了，心里可舒服啦，就像酷热天吃了一杯冰淇凌，她满面春风，笑容可掬，一副乐悠悠的神态，谁都看得出她内心的喜悦和自豪。

第二个中秋节到了，儿子们又准时地寄来了汇款单，这一次的数目竟比头一年各自都多出了 500 元。邮递员却不见李大妈脸上有喜色，明显地看到她的悒郁，人也瘦多了，不禁好奇地问："大妈，您老还有什么不满足的呢？"李大妈委屈地说："怎么连一封信也不捎？"邮递员安慰地说："别想得那么多了，有汇票寄过来，就足以证明他们心里惦记着您老人家呀！"

第三个中秋的那一天，站在邮递员面前的李大妈则憔悴多了，邮递员疑惑不解地问："大妈，您老怎么啦？儿子这么孝顺，还愁成这个样子，真是不可思议！看，这一次的汇票上每人都给你寄来2000块呢！"李大妈苦笑一声说："我一个老太婆要这么多的钱有啥用呢？"

　　转眼又是合家团聚的日子，第四个中秋节该与以往相比有所不同吧？可是邮递员给李大妈送来的依然是两张"福音"。而李大妈却已病了。她把两封信交给邮递员寄给儿子，信上说：儿子啊，别再寄钱了，你们来看看我吧。

高人

在略多于十载的求学生涯中，同桌过的人确实不多，仅几位而已，有的早被淡忘了，有的却深铭心间难以磨灭。L 显然是属于后者。

提起 L，我的脑海里就会不由自主地浮现出一个剑眉朗目的青年形象。在培训期间，我被安排在青教（2）班。其时，全班 51 名学员，男的寥若晨星，竟凑不足一个最小的两位数，属于仙女级保护，L 也是其中一位。论理说，凭我的个子只能坐在最前排，L 比我高出许多，合当坐到最末排。殊不料"慧眼独具"的班主任出乎意料地把我和 L 编坐最后一桌，高矮悬殊竟成同桌，无疑是颇有缘分的了。

L 真可谓是个多才多艺之人，他酷爱摄影、嗜好美术，也钟情于书法，醉心于音乐。仗其会写一手好字和专门留意过绘画，班里的每期黑板报几乎都由他一个包揽了。L 还擅长吹号子，校文艺演出时总少不了他。由于诸多优点集于一身，注定 L 在班里成了焦点人物出尽风头。不信，只要看看每堂美术课上的"景观"，你就会明白吾言不假。一上美术课，来求助的女同学接二连三络绎不绝，逼挤得我只好"退避三舍"，羡慕得红眼。许是L过于热情，才招致她们有太多的依赖！每趁天气晴好，那些女同学还会兴致盎然众星捧月似的请出L到校园的怡心池旁拍彩照，举着相机的L总是满面春风喜形于色，"咔嚓"一声准能收到良好效果。不知韬晦的L就这样锋芒毕露、当仁不让地施展着自己的各种才华。

刚结识L的那一阵子，有谁不佩服他呢？而相处久了，感觉大不如前——原来L的缺点越来越暴露无遗了。学友们虽惊异于他睡得晚起得早，精力充沛，但对于他的诸多不良表现都持不满态度，甚至极度反感。L黉夜返回宿舍，若见室友未睡，他准会公然宣布自己今晚又与某某喝酒去了，随后绘声绘色地描述一番，未获惊叹之声绝不罢休；若逢室友已睡，他便会与另外两位亲密的"伙伴"肆无忌惮地倾谈着，扰得人无法安睡，有时还会高声地唱上几句，直至有人出面干涉或眼皮再也撑不开了，才兴趣索然地熄灯就寝。L的胆子大得令人难以置信，他敢将自己的失恋史公诸于众，也敢与一位名花有主的异性学友W合影留念，更敢于带着一班人马兴高采烈地到大海边玩个痛快……

我对L的看法并不比别的学友宽容许多，然而好为人师的他对我还是相当不错的，美术课上，看到我画得不怎么理想，他会自告奋勇地给我耐心指点、亲笔修改；自习课上，他会主动热情地把自己摘满的卡片推过来供我参考，或对我畅谈自己的奋斗史……临别时，他再三提出要和我合影一张，可我老是担心不能与彼"肩并头齐"地站着而婉言谢绝。最后竟被感动了，盛情难却之下竟跟他合作，共同缔造出一张"友谊的见证"。他见我爱看文学作品，便执意地把有关这方面的几本书无偿送给我。每想到这些，我就会为自己曾用犀利的言辞指责或挖苦他感到满怀歉意惭愧不已。是啊，世上有谁能十全十美呢？L自然也不例外呀！

珍惜

　　尽管众口难调，也不曾听闻过有人厌弃果中珍品——荔枝。推究之下，大概与其弥足珍贵的"十花一子"有关了。知其得来不易，因而予以珍惜，自在情理之中。不过，在日常生活里，也有许多看来貌似平凡的事物，其实得之非易，设若我们不予珍视善待，只怕造成的结果更为难堪。

　　不知道一个人朝另一个人由衷地微笑需要调动三十几块面部肌肉，你还会在乎那浅淡而又雅致的一笑，宁可有伤对方的自尊？不知道一个人鼓足勇气对另一个人轻轻地说声"我爱你"，至少要消耗三只苹果所能提供的全部热量，你还会不稀罕那最简单不过而又含金量特高的一句短语吗？如若反之，反馈到对方的心里却不啻是一个沉重的打击！不知道一个人决意遇见另一个人，并与之白头偕老，必得花费二十年左右的时间来等待，还需用掉六七十年的岁月才能最后完成，你还会不珍惜那一段长相厮守的缘分？因为弥合一道感情的大裂痕纵然填以万千财富也难以奏效地呀！

是的，只有懂得不易，才能学会珍惜，此观点更是颇有见地的，它于不少格言里也有所体现。提起"一寸光阴一寸金，寸金难买寸光阴"这句俗话，几乎无人不晓，它就是用对比的方法强调了时间的宝贵以达到劝人的目的。"一粥一饭当思来处不易，半丝半缕恒念物力维艰"，也以同样的道理告诉人们：不谙于流汗之艰辛者，又焉能珍爱劳动之成果？珍惜时间，珍惜财富，永远是做人的需要，但珍惜之苗的破土成长是绝对离不开了解这块沃壤提供的养料的。

在蔚为壮观的的生活图景里，最值得珍惜的东西应该是从实践中获得的真理，从失败中吸取的教训，从痛苦中孕育出的幸福，从逆境中塑造成的坚强……它们不掺杂着半点虚假的因素，毋容亵渎，不许漠视！

人世间值得珍惜的东西也必然值得回味。一回味就会使人情不自禁地联想到浓郁醇厚的美酒、耐人咀嚼的橄榄、深邃隽永的诗词、余音绕梁的绝响……无论是物质上还是精神上的，都能给人虚虚实实的反刍、实实虚虚的享受，妙不可言。

人只要学会了珍惜，就不至于恣情挥霍生命、肆意浪费财富、粗暴践踏感情……学会了珍惜，就是学会了理智！

理发记

每次一回家，妻总是催我去理发。看着我一头邋遢的样子，她免不了会皱起眉头喋喋不休地埋怨："黄皮偌大一个地方，难道连个理发店都没有？……"

刚到革命老区黄皮上班时，我就发现学生们头发很不雅观，不禁有些纳闷："这里没有理发店？"当我听说他们的头发几乎都是家人"修理"出来时，我不由得一脸愕然了。身体发肤受之于父母，岂可任意糟蹋？不行，我一定要回到桥头再剃头！

但是头发不随人意，长了总归还是要理的。于是，我左打听右打听，终于打听到黄皮卫生院里的一位姓刘的医师有这么一手"绝活"，便喜出望外地纠缠着他给我解决难题。刘医师招架不住我的软磨硬求，勉强答应了。不过有一条件，须等到晚上他才有空。我不敢拂逆其意，只得耐下性子候着。刘医师的剃头手艺虽然算不上出类拔萃，但也能给我剃出一个人见人夸的头来。在剃头时，刘医师唾沫横飞地向我谈起他以前曾给一位新郎倌剃个头赚 10 元钱的遭遇，忍不住得意洋洋地手舞足蹈起来——这也难怪啊，那时候的 10 元钱可不是个小数目。然而刘医师说什么也不肯收下我硬塞过去的剃头钱，几次下来倒让我不好意思再去叨扰他了。可头发不争气，一个劲地疯长，长得我实在熬不下去了，又厚着脸皮去打搅他。这时候的刘医师尽管神情冷淡满脸蒙"霜"，可他还是一如既往地认认真真。为此，我常为自己捡的便宜而惴惴不安……

头发伴随着烦恼在长，同事们都揶揄我："几年里，你省下的剃头钱也不少嘛。"我听了，觉得很窘迫，只能作一脸的苦笑状！

为了自己的耳根清净，也为了妻不再为我理发之事操心，吃一堑长一智的我也学乖了，每次回家，从桥头一下车，便风风火火地找个理发店去"美容"一下。满以为这样做妻就无话可说了。孰料她竟会随机应变地另出招数："快去沐浴一下，看看你的衣服都脏成什么样子了！面冷心热的妻法眼如炬，我焉能不惟命是从！

幸运年

2002年，是对称年，地地道道的对称年；于我而言，又是幸运年，不折不扣的幸运年。

我，一名普通得不能再普通，平凡得不能再平凡的教师，没有骄人的业绩，没有惊世之作为，只凭着对三尺讲台的虔诚与痴迷，在大山深处默默无闻地工作，六个年头里演绎了几个爱生故事，唱响了一曲恋教之歌，居然扬了名，名字赫然上了宣传媒体，享有一而再、再而三的殊荣礼遇，焉能不激动异常幸福万分自豪无比！

我的激动、我的幸福、我的自豪兀然发轫于今年的4月份。县教育局给溪下乡 / 名先进个人推荐指标，领导们把我推上去了。不久，从乡教委传出了一则石破天惊的消息："陈福荣老师被上级组织评为省'春蚕奖'……"同事们一听，沸腾了，惊讶了："真乃始料不及也"。是啊，省"春蚕奖"的荣誉毕竟是有分量的，就连我自己做梦也未曾有过奢想呀！

幸运的链条总是环环相扣的。6月里的一天，葛县长下乡调研路过金盾学校时，得知一位从桥头来的教师被评为省"春蚕奖"，特地接见了我，并紧紧握住我的手，动情地说："你为革命老区作贡献，辛苦了。"事后，不少同事羡慕地嚷道："你小子真有面子！"说得我也不禁有些受宠若惊了。

继之后的 7 月 15 日，我到县教育局报名，准备去参加由市教育局组织的 2002 年优秀教师"园丁之家"活动，政工科的同志告诉我："县教育工会的领导想让你在暑假里作几场师德报告，这可是个好机会，不要错过哦！"关切之情溢于言表，可我无意于在广庭大众之下登台亮相，又怕在济济名师之前班门弄斧。于是找到工会领导说出自己的顾虑，工会领导笑着鼓励道："别胆怯，只要努力一番就会成功。"我知道这是许多老师都求之不得的幸事，而组织与领导却如此信任我，我不领情岂不让人扫兴失望，就这样我成了县师德报告团里的一员。

8 月 21 日，这个激动人心的日子到来了。我猝然间成了一名"身价非凡"的师德标兵，胸前佩戴着光荣花，在县教育工会领导的带领下，开始风风光光地在全县十大学区间作师德巡回报告，这是我从教十八载来最荣耀最显赫最辉煌的一段时光。这荣耀这显赫这辉煌一半得益于我以朴实无华与严于律己作为生命的蓝本与铺垫，另一半则得益于县教育局领导对我的关爱与器重！几多掌声将我的生命亮点聚集起来了，师德标兵的名头诚然是响当当的。余哲春副局长在庆功宴上所说的一句话恰恰是最生动的注脚："你们是全县 7000 多名教师中遴选出来的凤毛麟角，可谓是千里挑一啊！"他的话使我们几个顿时催生出一股豪气，满脸粲然！

教师节前夕，作为一名师德标兵，我又有幸跟全县 100 余名教师代表参加了"第十八个教师节座谈会。"这个座谈会对我来说，具有划时代的意义——我微不足道的成绩得到了社会的公认，诚惶诚恐地竟也成了"永嘉教育界的精粹"，可以面对面地跟县四套班子领导及教育界有识同行们倾谈交流。

幸运，让我沉浸在无限的喜悦中，同时也给了我一种压力。敦促着自己不能满足于现状，必须奋起直追……

我的幸运就是用点滴的平凡堆积成一个令人期望的高度，其基座是立足于本职工作，辛勤耕耘、无私奉献！

棕编床

床作为人类生活中的一种安身就寝之卧具，毋庸置疑是需有讲究的。

它的种类很多，仅我所知的就有堂皇气派的"龙凤床"（俗称"大床"），凉意微沁的竹榻，工序简单的"两头端"，助强筋骨的钢丝床，诱发睡意的"席梦思"……真可谓是举不胜举各有千秋啊！

由于生活条件的差异，加上时令不断地嬗变，以及某些地方的风俗习惯使然，人们对卧具的选择自然是不拘一格自有诉求的。宽裕者遴高档自不待言，贫贱者少讲究亦在情理之中。不过，冬宜暖夏宜凉的标准却是大家所公认与共同遵守的。面对床铺，不论贫富贵贱，只要力所能及，都甘于让自己与家人睡得舒坦些。因为除了裹住躯体的衣服外，再也没有别的物件比它更贴身切肤了，这也算得上是善待自己的一种方式吧。

在诸多卧具中，楠溪一带的人最钟爱的要数棕编床了。尽管时下的席梦思风靡全国，几乎遍及每个家庭，可不知为啥，楠溪人爱睡棕编床的嗜好照样不改。顾名思义，棕编床的主要原料是棕丝，其次是桧木。楠溪盛产棕树与杩桧，就地取材便捷多多。桧树被木匠刨成扁平的木料后，莹滑如磨。四根桧木料按长宽有度组构起一个四边形的框架，利用榫头与凿眼互锁着固定下来，再在框架的内缘密密地凿出许多孔眼来，之后将搓成的棕丝股索按经纬网络织编。带钩的钢针在编织师的熟练操纵下显山露水地凸现出一道道悦目的风景。要编织一张一米五宽两米长的棕丝床往往需花四五天的工夫，棕丝绝不能少于十五斤。编制棕丝床的难度由此可见一斑。

有幸目睹着一张棕丝床的"诞生"，我情不自禁地想着，这凝聚着木匠与编织师全部热情与智慧的棕丝床所积淀的文化意蕴是多么丰富啊！躺在它的上面，你准会有一种踏实稳妥的感觉。不错，正是棕丝床的硬朗与坚实造就了楠溪人自强不息的个性，难怪他们都愿意将生命里的一半时间托付给了这一物件卧具。

在黄皮教书的几年里，我睡的就是这样的棕丝床。最让我觉得好奇的是一位同事，几乎每年都要雇人编制。问她为何乐此不疲，她告诉我："运出去分送给亲戚朋友呗！"我想这位同事的做法看似让人难以接受，其实是有道理的，棕丝床虽然没有"龙凤床"的恢宏气概，也没有"席梦思"的典雅华贵，但它集质朴实用于一身，能让人隐隐中找到一种向着需求迈进的状态啊！

火盆子

梳理往事，在黄皮教书时的一些难忘经历又萦回脑际，浮现眼前了。特别是围着火盆子取暖的点点滴滴，犹如一道执著不变的风景，被输入记忆的屏幕，恒久保存。它顽固得像生根似的，动摇不了；而奇妙的是可随时将它翻找出来，重播百遍千回！

黄皮地僻而寒，终岁无酷暑之象：春半，不怪雪片飞舞；夏至，宵旰未除棉褥；冬残腊尽时，北风呼呼作声，屋檐挂满冰棱，山竹被覆压于地，惟见强撑硬支之态。因此，斯处之比城镇居民多拥备了一个驱寒御冷之物——火盆子，也就不足为奇了。

中央摆有一个方方正正结结实实的火盆架子搭上一个让你无可挑剔的尺寸适度的铁铝之锅，里头盛着夹杂过半灰烬的炭火，周遭围满了谈笑风生的取暖者。这对于一直生活在城镇的居民来说，简直是一个刚"出炉"的童话，挺新鲜也挺有趣的；而对山居者而言，显然乃最寻常不过的事了。

冬春之交的黄皮，不拥备一个火盆子御寒的，确实罕有其人。除我之外，那时黄皮学校几乎所有的教师都备有火盆子抗冷。我不备火盆子是有诸多原由的。我一向主张生活简约化，去黄皮教书时，也仅带了只删繁就简得几近极限的行囊而已！可要备一个火盆子，看似简简单单，其实也不然——虽说找火盆架的原料不成问题，只需进厨房瞅上几眼，准能找出几根合适的木料，然而要做成火盆架，还得仰仗于木匠的砍砍削削。此外，铁铝之锅寻觅起来也着实不易。再说，厨房里的两个有限灶膛烧出来的炭火也因求多供少而屡起口角纷争。

我不备火盆子的另一层原因，那时的黄皮学校安置在木结构的寺院里。木结构的房子最怕火了，我怎敢不分外谨慎行事？一次，住在隔壁的一位代课教师由于一时疏忽，将无架的火盆子贴搁于楼板上，一夜之间竟被火盆子里辐射出的热气灼蚀出一个大窟窿，思之也教人不寒而栗。鉴于此，我才彻底打消了置办火盆子的念头。有位好心的同事决意将自己相依多载的火盆子送与我，最终还是被我婉言谢绝了。

我不接纳火盆子，并不意味着不需要火盆子。大冷天的，我总会就近找一火盆，挤进人堆，一边惬意地烘烤着手脚，一边接受着善意的嗔怪，然后与他们天南地北地聊侃，那一份的亲切随和，能酝酿出无限的温馨；那一份的和谐融洽，可营造出暖暖的春意。在火盆边，你可以把话题扯向政治形势，也可以将言谈转到社会治安，你可以把内容涉及家庭琐事，也可以将建议聚焦学校问题……总而言之，火盆边，不拒海阔天空地纵谈，不拒无拘无束地畅言！

火盆里的炭块在讲台下燃烧，它带给学生的往往是狡黠的模仿与聪慧的衍化。我曾亲眼目睹了一个班里的几名学生将那空的啤酒罐去掉封口部位，装上一根铝丝柄，拎进教室，罐里盛着的是几粒黑红的炭火呢。

山居那些至今仍未淡出生活舞台的火盆子，比起儿时看到的火箱火笼，乃至如今偶尔露峥嵘的暖水袋之类的，的确要淳朴得多——火箱、火笼、暖水袋所带来的只不过是极其私人化的享受，而火盆子却截然不同……

火盆子是值得赞美的。当它里头的炭块在旺旺燃烧时，人们便可获得源源而来不绝如缕的温暖；而当它里头只剩下冷却的灰烬时，惠及的可是那些农作物啊！

悠悠岁月，值得回味的东西总想与人分享才觉有意思。山居火盆子凝而不散的情趣常常触动着我心灵的柔软处，使我不得不提起笔一吐为快。

火塘缸

先前农家的厨房里总少不了水缸与火塘缸这两样东西，时下却有所变化——原本水缸的位置已被自来水龙头所取代，火塘缸也因随着煤气灶的出现而退出了生活的舞台，难得一见了，这些节省出来的空间让同等面积的屋子显得更为宽敞与舒适了。

提起火塘缸，我们的目光都会不由自主地穿越时空的隧道，重回以往的农家岁月。昔日，农家都要在柴仓前灶膛下砌一口火塘缸，用处可不少哩。农家人亲近火塘缸最主要的理由是它不仅能无怨无悔地接纳灶膛里的草木灰，为存储农作物的养料而不遗余力，还可以用它煨饭煮开水，烤土豆、番薯和芋芳。

小时候，看见母亲每次烧好饭，就会把灶膛里混杂着灰烬的火星子用火钳"移植"进火塘缸里。在此之前，曾把一些干燥的砻糠、柴屑铺垫于底。继而在火堆中间用小铲子挖出个"穴"让沙锅或陶罐齐颈埋了下去。沙锅里装着的是剩饭冷水。经过几小时的"孵化"，取出来的便是热气腾腾的"煨饭粥"了。如此一来，既省柴禾又节约煮饭的某些成本，在一定程度上为农家妇女减轻了一些负担，因而几乎所有的家庭主妇们都乐而为之。但要搞弄好这"煨饭粥"也是颇有讲究的，火候要适度，恰到好处。温度太高了，就可能煨成焦饭；温度太低了，"孵"出来的"温吞饭"难以下咽。农家主妇在不断的践行中懂得了技巧，这里头显然也有火塘缸的一份功劳。

火塘缸对童年的我是颇具诱惑力的。秋收时节，我常会在火塘缸里埋入几颗芋艿或一个番薯的，两三个小时之后，一股香味弥散开来，惹得馋涎欲滴，于是像发掘文物似的从火塘缸里取出焦糊糊、香喷喷的芋艿或番薯，迫不及待地张口便咬，一不小心嘴角就烫起泡来，但还是会吃得津津有味。这份乐趣局外人是根本无法所体会的。

穷冬来临，北风怒号。为了暖和冻僵的双足，我总会脱下鞋子，把穿着臭袜子的脚伸向火塘缸里，还不时地添一把柴禾进去。火光映红了我激动的脸庞，眸子也变得分外的清亮。

如今，火塘缸淡出了视线，可童年时对火塘缸的记忆却永远地根植于心中无法动摇。

绵菜馍糍

不同的地域有不同的风俗习惯，即使在同一县境内，楠溪与菇溪之间的习俗也不尽相同。譬如，楠溪一些地方正月半吃"咸菜粥"，即在元宵节那日煮出一大锅由白米、肉片、猪肠、赤豆或豆芽、笋干、仙芋、豆腐等掺杂混合而成的"咸菜粥"让全家人享用着。而菇溪一带于二月二吃芥菜饭，在楠溪却不曾流行。楠溪与菇溪许多习俗虽然大相径庭，但亦有求大同存小异的时候，那就是清明吃绵菜馍糍了。

清明是祭祖扫墓的日子，在此之前家家户户都要赶制出绵菜馍糍来，这已是经久不衰亘古未变的习俗了。以前，临近清明，村妇们就会携着篮子，带着勤快的孩子相约到田间的阡陌上采摘绵菜，选撷颇为讲究，开过花的不要，刚出土的不屑顾之，拣中地全都鲜活清爽、老嫩恰到好处。洗净后拿回家将其投进烧滚的沸水里，继而掺入一些过滤后下漏的稻秆灰汤，据说可添清香味。随后把从锅里捞上来的绵菜与糯米饭一起放在冲刷干净的石臼里，均匀地撒上一撮盐猛捣细搅起来，直至绵菜与糯米饭融于一体，具有相当的韧度与粘性，才扯上来用手进行揉和、搓捏。大人们在一旁娴熟地津津有味地搓捏着，一边不时地拧下一小块往嘴里塞，在旁的孩子看傻了眼，大人便会狠扯一大块递过去。一顿搓捏糅和之后，两头滚圆中间或扁圆或方正的绵菜馍糍条就制作成功了。菇溪人还烙制出一种绵菜饼子，即将绵菜馍糍块嵌入特制的模具里印成。

　　清明那日吃上一顿绵菜馍糍的传统习俗，至今仍是农村人的一项保留节目。其日，主妇们先是在锅里下适量的食用油，开炉启烧，然后投下菜炒着，再将已切成一片片的绵菜馍糍倒进锅里搅和着。出锅时洒些调味品即可食用。此际，碗里之物真可谓是色香味俱全了。随着生活条件的不断改善，绵菜馍糍棍或绵菜馍糍饼也由厂家专门生产了，人们把更多的精力投入工作中去，再也用不着为自作绵菜馍糍而辛苦忙碌了。机器加工出来的要比手工制作的精致耐看，难怪现在的人们懒得动手。况且厂家生产出来的都按一定比例的原料进行科学配置，自然更具营养，但比起乡野的风味却逊色多了。

岁首岁尾

　　一岁之间，最为热闹的日子莫过于岁首岁尾，而最为欢乐也最为令人咀嚼的时光亦莫过于岁首岁尾。

　　说起岁首岁尾之热闹，真可谓是有目者共睹，有耳者共闻。大街上，人来人往，拥拥挤挤；菜场里，进出如织，熙熙攘攘……礼花绽放于夜空，五彩缤纷，撩人眼花；鞭炮萦响在晨昏，噼噼啪啪，喧声如沸；大红灯笼与流金春联或悬或贴，洋溢着浓浓的喜气，欲逸犹含……感受着各式各样的升平迹象，能不欢歌如潮？

　　岁首岁尾，欢歌如潮，它更来自于一种亲情的营造。不是吗？过年了，无论相隔万水千山多么遥远，都挡不住游子匆匆回程的脚步。合家团聚，其乐融融。过年的幸福与满足，融入了小孩蹦蹦跳跳的行举里，也融入了老人一脸慈祥的神色中；融入了人们在除夕之夜那一顿充满笑声的大餐里，也融入了新年初临时这一番互致祝福的喜庆中……

　　岁首岁尾，既热闹且欢乐。这热闹这欢乐不正是太平盛世的赏赐吗？难怪饱受战争之苦的人们总是这样呼喊着："宁为太平犬，不做离乱人！"

　　因此，岁首岁尾更应该成为我们感恩的日子祈福的时光！

亲情难忘

亲情总是有了距离之后变得愈发浓烈的！以前，大妹子尚未出嫁，我们看她或多或少都有一点儿不顺眼，理由是她从不主动地分担一些细琐的家务事，直至母亲发怒了，她依然我行我素、得过且过。如今，她处身于遥不可及的国度，维系在娘家人心头的只有那一声声默默地祝福与一缕缕扯不尽撕不烂的牵挂。

首尾不到一个星期的时间，大妹子已三次给母亲打来越洋电话，碰巧我都在场，因而也就很自然地联想起"每逢佳节倍思亲"这一古老的诗句所赋予历久弥新的含义。

大年初三的早上，大妹夫按惯例携着一对儿女过来拜年。午膳刚毕，电话铃响了，母亲一把抓过话筒发问："喂，是哪一位？有事吗？"

"哦，云英！午饭吃过没？这里刚吃完，我正在收拾着碗筷呢。"在母亲的感觉之中，女儿离她并不遥远！

"……"

"啊，原来你已躺下睡了，我还以为你那边也是白天呢，看我这记性！现在忙吗？要多保重身体。我们都很好，你就甭记挂了。以后没什么紧要的事，就别打电话了，毕竟赚点钱不容易！你儿子铁托到外边去玩了，我把他找来和你通话，他可惦记着你啦。"不知是母亲的地理知识太过有限，抑或是别的什么原因，总之她对国际日期变更线的概念老是接受不了。至于大妹子呢，她肯定觉得亲情有时比金钱更为重要，所以她打起电话来总是说个没完没了的。

从母亲的对话里，我分明听出了大妹子在思念着家里的亲人！而我只知道大妹夫有一户亲戚是华侨，在大洋彼岸开一间餐馆，别的事就记得不甚清楚了。去年8月份，大妹子在办理出国护照时究竟签上哪一国名，我也懒得启齿动问。母亲虽也曾告诉过我，然而我充耳不闻，以致在随后的一次填写"干部履历档案表"里的"社会关系"一栏时，只能凭着模糊的记忆搪塞了事。思之焉能不愧疚万分？

是的，淡漠亲情的我理该感到愧疚。迄今为止，居然无法详细地说出大妹子身在何处；可她每回打过来的越洋电话几乎都提到我借给她的那微不足道的一点钱，我又怎能不惴惴不安？去年，为筹集她的出国盘缠，我只不过尽了自己的一点心意而已，不料她铭记于心时刻不忘。此际，享受着天伦之乐的我，想象得出在万里之外的她是怎样的忙碌——也许唯有忙碌才能使她驱逐孤寂平衡心态。大妹子岂止是太忙，她一次又一次地在午夜给母亲打来长途电话，不也正述说着那份割舍不了的亲情吗？

我清楚地记得在此的五天前，也就是弟弟结婚的那日，大妹子也是在彼国的午夜时分给母亲打电话的。她逐一与亲人们通电话，我从她的话音里可以揣度出她为自己不能亲赴弟弟的婚宴而怀有几许歉意。翌日，同样是彼国的午夜时分，她在电话里向母亲索要一张"全家福"。我从大妹子频频打来的电话中强烈地感受到一种淡化不了的血浓于水的亲情。

大妹子呀，亲人们都已从你的三次越洋电话里头破译出亲情难忘的密码，惟一的祈盼就是你能早些懂得善待自己！

我的母亲

　　芸芸众生多的是含辛茹苦，我的母亲也不例外，因为她本身就是芸芸众生里的一员，朴实而平凡！

　　说起母亲的身世，也够让人唏嘘不已的了，她既无兄无弟，外祖父又英年早逝，年仅13岁便要用稚嫩的肩膀去挑起一个支柱倾倒的家。从此，她开始了风雨坎坷的人生之旅，凭着坚韧的性格挫败了一个又一个的困难。如今，母亲年逾古稀了，依然在操劳忙碌，有时还会扛起锄把到田间地头种粮种菜的，因为这已成了她的一种更改不了的习惯，她的一生真可谓是吃苦耐劳的一生。

　　在我的印象中，母亲具有疼爱子女、坚忍护家的优良品行。据她回忆，58年，她带着刚出生不久的大儿子，跟随着我的父亲去江西弹棉。在外奔波的8年里，她又生下了两个孩子，不用说，那就是二哥与我了。白天，她常常走家串户联系业务；夜里，则不顾疲劳地赶路，有时候遭遇豺狗，得担惊受怕上一宿。为了喂饱孩子，她总是宁愿饿着自己，也要想方设法地买些饼干之类的食品给我们塞腹充饥。在那个物资极端匮乏的年代，她对孩子的那份爱显然是弥足珍贵的！

重返故土后，母亲的担子有增无减，这不仅仅由于家里添了3个孩子，更重要的是儿女们渐渐长大所带来的重压迫使她必须付出身心俱瘁的代价。穿要衣，吃要饭，住要房，还需供我们上学，爱家的母亲岂能无动于衷？为了帮助我父分担养家糊口的重责，让儿女们过得舒心些，母亲总是天天挥洒着汗水，除了包揽一切的家务活外，还不时地穿梭于田间地头，挑粪浇秧、喷药治虫、除草施肥、挥镰开割……样样都干。茧花在她苦干不辍的田间劳作中开满了掌指；皱纹在她饱经风霜的艰辛岁月里爬满额头。而她总是无怨无悔。

有人说："爱是父母心中的千千结。"这话一点也不虚妄。依稀记得30多年前的一个夜里，母亲站在昏黄的油灯下手把手地教我写大字，本子交上去改了，我竟破天荒地得了几个红圈圈，它至今还如烙般印在我的脑子里，鲜活如生。也依稀记得在孩提时每逢我生日那天，母亲总不会忘记烧出一碗小山似的覆着煎蛋的炒粉干端了过来让我大快朵颐，她便会满脸慈祥地说："记住，每年的今天都是你的生日。"在异地工作的那几个年头，我压根儿忘了自己的生辰，每每回想起少时获得的那份母爱，就有一种莫名的感动。我更清楚地记得每年夏天，母亲都要给我刮几次痧。看着她一脸不安的神色，我也不知不觉间泪盈于睫了。小时候，我曾不止一次地看到母坐在镬灶后默默地嚼咽着冷饭剩菜。每遇这情景，我惟有托腮出神，伤感不已。而母亲亏待自己的事儿实在是太多了。除了节衣缩食、省吃俭用外，她曾以一双走酸了的脚与两个挑肿了的肩膀硬是盖起了两间平房……

母亲这一生虽然没干过轰轰烈烈的大事，也没出过惊天动地的伟绩，但她那勤劳持家与坚忍护家的品性将永远成为我们生活道路上挫败困难的勇气支撑与动力源泉！

见证努力

一个人能不能在某方面取得些成绩，往往取决其有没有付出过努力，因为所有成绩的产出几乎都与汗水的投入成正比关系。说到这一点，我是深有感触深有体会的。盘点 2010 年，参与了几项文学赛事，也有幸地获得了点滴荣耀，无不印证着"自强不息"的意念统领与"不教一日闲过"的行为统领在支撑着我孜孜求索、奋然前行的人生！

手头持有的奖证不少，而其中的两个都是今年 7 月份由中国散文学会、中国诗歌学会及全国青少年冰心文学大赛办公室颁发给我的在第五届全国青少年文学大赛中取得的荣誉证明。"辅导金奖"与个人参赛作品银奖，均以其耀眼的鲜红与凝重的大气显示着它们的分量。而这两份荣誉的获得，不仅见证了我在辅导学生方面所付出的不懈努力，同时也见证了我在育人方面所做出的有益探索。参赛作品题为《少年儿童应该读什么书》，顾名思义就不难发现我是在思考着教育上的一个焦点问题，是在关注着学生成长的一个热点问题。作为教师，摆在眼前的问题肯定不少，而解决其精神食粮的出路无疑是一件大事情。设若没有高屋建瓴式的观揽，我们又何以旗帜鲜明地引领学生走向生命的康庄大道呢？基于此，我的参赛作品获奖，不正是对我在自塑与塑人方面予以积极探索而带来回应的莫大肯定与最好奖励吗？我敢断言，任何一个人，对眼前存在的问题无动于衷，其结果必将是可怕的，也必将是自毁的征兆。的确，有一份责任在肩，日子即便过于忙碌，也会觉得自己活得充实而幸福。这就是我乐此不疲地辅导学生与反思教育的动力所在吧。

让我铭刻于心板的另一张荣誉证书也是今年 7 月份获得的的，只是颁发的单位机构不同而已。荣誉证书里头赫然写道："在中国中外名人文化研究会和北京金台苑文化发展中心共同组织的'中华名人格言征文活动中'，您所撰写的格言寓意深刻，富含哲理，极具教育意义，被评为优秀作品，并编入 2010 年 7 月由中国文史出版社出版的《中华名人格言》一书。"追溯起这张奖证的来由，我至今犹在琢磨：究竟是网络的力量还是书报的传播把我推向了"名人"的舞台呢？嗜好写作的我，不辍笔耕，不少文学作品通过网络的发布转载，通过书报的兜售运销，终于也呈现出了"墙里开花墙外香"的势头。由此我明白了这样的道理：一个人只要努力过，打拼过，就有"雁过留声"的资格与可能。进而联想到自身从事文学的践履历程，觉得荣誉的降生既像荒漠上的依米花之所以能开出绚烂的花朵，是因为暗中攒足了若干年的养料；又像山间的竹笋之所以能夜长千尺，是因为有着五六载悄然做大根系的潜沉。我坚信所有的荣耀都是苦与累堆积而成：山之巍峨，离不开微微尘埃；江之浩荡，离不开涓涓细流！

此外，还有两个奖证也颇值一提。一个是今年 4 月份评定的由"童彤杯"全国张鹤鸣戏剧寓言奖组委会颁发给我的"优秀奖"证书；另一个则是今年 6 月份评定的由"乾有杯"金江寓言文学奖组委会颁发给我的"入围奖"证书。这两个奖项的获得，虽说分量并非格外的沉甸甸，但它不仅是对我钟情于儿童文学事业的一大肯定与诠释,更重要的是能启迪人们,既要把握机遇勇于挑战,又得保持平和心态,悦纳自己。说及这两个奖证的得来,我的思绪不禁被拉回到两年前寓言界的一项重大赛事之上。那时,"乾有杯"全国第八届金江寓言文学奖评选活动正处在如火如荼之际,尽管我首发于2007年第15期《思维与智慧》一书中的《花树眼中的园丁鸟》也得了个入围奖,而出乎意料的是我辅导的3名学生却比我更具实力,竟然在少儿组评比中胜出,荣幸地捧回了三个令人翘望的水晶奖杯。我羡慕之余,决计要在下一届成人寓言评比中崭露头角。适逢首届"童彤杯"全国张鹤鸣戏剧寓言奖活动细则出台,我便避重就轻地想在这项赛事中开辟出一条途径来。因为戏剧寓言是文学园地里的一个新品种,是以戏剧的形式演绎寓言性质的文学载体,对于很多人而言,它是个陌生的东西。由瑞安的张鹤鸣先生首开先河,凭着一部《喉蛙公主》创下了第四届寓言文学金骆驼奖排行第一名的成绩记录。为了把它做大做强,成为一个品牌,他萌发了设立奖项的意愿。当时,我觉得既然是首届评比,而且绝大多数的参赛者都缺乏经验,只要敢于尝试,说不定我也有机会脱颖而出,得益于这一幼稚的想法,我博采众长,写起了戏剧寓言。首发稿《鲸宝宝撤赛始末记》在中国寓言网上发布后,并没引发一丝指责,不由得信心陡增。接着文思泉涌,又写出了几个短剧。不久,从网络上知道自己的东西被转载了,以为有它们的市场,便鼓起勇气向一些刊物投稿。《六子设谜话营生》最先被《少先队小干部》杂志采用了,后来还被青少年作家杯组委会评为银奖。之后,《鸟国哀曲》发表在《童话寓言》上;《永嘉文艺》也先后刊发了我的两个小剧本。看来,"爱拼总会赢"并非虚妄之言也!我的报送作品又一次获得了诸多评委的青睐,不仅有奖证可拿,奖杯可捧,还赢取了 500 元的奖励金！另一篇报送作品《快乐的由来》虽然只是得了个"入围奖"，可从评选结果看来，也仅次于末位的胜出者。毕竟它是发表在《故事大王》这本少儿们喜闻乐见的书刊上，编者还冠以"耐人寻味"的栏目名呢！关于寓言方面的写作，我一向主张用干净的文字健康的因子滋养人们的心灵，尤其是孩子的心灵；影响人们的头脑，特别是学生的头脑。我的两篇报送作品都具有这样的元素，《六子设谜话营生》是一个易于操作的舞台剧本，它通过六个儿子依约相聚时向父母讲述外出遭遇的事情，揭示了只有靠辛勤的双手与智慧的头脑才能创造出幸福生活的道理；而《快乐的由来》则告诉人们：快乐要懂得与人分享，快乐要学会自尊自爱。

金色的十月还给我送来了一份特殊的礼物，永嘉县人民政府关于公布永嘉县第三届文学艺术奖评选结果的通知里头，我也名列铜奖排行榜。

透视着一个个象征荣誉的奖证，我很想对人们说：

成功的花，

人们只惊羡她现时的明艳！

然而当初她的芽儿，

浸透了奋斗的泪泉，

洒遍了牺牲的血雨。

当然，我更想对自己说：

你前方的路还很长，

你提升的空间还很大啊！

体验农活

　　余年从事稼穑的父亲走了，留下的几处田地需要有人打理；否则只能处于荒芜的境地了。岁数大我者如兄与岁数小我者如弟皆不屑于此，我便成了不二人选，开始着践行"不让浮生一日闲过"的承诺！

　　身为教师匠的我兼顾起农家活来，竟招致许多人的不以为然。反对呼声最激烈的要数妻子："本来长得已经其貌不扬的，再被雨淋日晒，你就不嫌更丑了？"经商的小弟却从另一角度劝我赶快放弃，理由是："我替你估算了一下，双休日、节假日、暑寒期加起来的时间也不少，而你种出来的粮菜除去成本之后若是换成钱，一年辛辛苦苦下来至多不会超过三千元；可因此你被剥夺了几乎所有的休息时间，值得吗？"旁人的话听进耳里也未必会感到舒服："先生粗用，有辱斯文！"看来，"劳动光荣"的观点并不被人们所心悦诚服地接受啊。要不，我兼顾农活也不至于要听如此这般的絮叨与"善意的奚落"了……

　　许是市场上的米价太贱了，许是人们的生活过得太滋润太舒坦了，所以农活才不会被人们所倚重。然而，真正体验过劳动艰辛的人，总是在困难来临面前表现出坚忍不拔的意志，也会懂得生命之树必须依托于汗水的浇灌而葱茏不败。作为一个体验过劳动艰辛的人，我一直认为只有生活充实了，一切烦恼才会无处容身，外来的打击也就无法对其构成毁灭性的威胁；作为一个体验过劳动艰辛的人，我一直觉得成功在于享受过程，而不在于享受结果；作为一个体验过劳动艰辛的人，我总是无视于他人投来"猎奇"的眼光，而专心致志全力以赴地把自己想做的事情进行到底；作为一个体验过劳动艰辛的人，我总是无视于生活中有太多的风风雨雨坎坎坷坷，而坚信磨难是进步的阶梯，永远微笑着对待纷至沓来的挫折……基于这种种认识，我手里的锄把才会与土地作不离不弃的"长相厮守"，　如既往的崭新锃亮永不生锈；基于这种种认识，我掌上的老茧才没有诉说着自己的不幸，相反地却以其硬度来印证着生命的厚度……

说起劳动的艰辛，你不得不承认暴雨的浇漓会使你意念崩垮，太阳的炙烤会使你肌肤灼痛，虫灾的肆虐会使你感到考验严峻，土地的板结会使你觉得手臂酸麻，野草的疯长会使你神色沮丧……可这意念的崩垮、肌肤的灼痛、考验的严峻、手臂的酸麻、神色的沮丧链的另一端却是经验的积累、智慧的催萌、精神的丰腴、力量的滋长、境界的升华和希望的降生啊！

体验过劳动的艰辛，是生活赋予世人的一笔无形财富。因为它会让人明白"锄禾日当午，汗滴禾下土。谁知盘中餐，粒粒皆辛苦"，从而懂得了"一粥一饭，当思来处不易；半丝半缕，恒念物力维艰"；因为它会让人明白"一分耕耘一分收获"，从而懂得"投入与产出往往总是成正比的"道理；因为它会使你少了一种怨天尤人的牢骚，而多了一份自励不已的勤勉；因为它会让你多了一份披荆斩棘的勇气，而少了一种自甘沉沦的依赖……

让锄头的锋芒从艰辛中走出，我们便会感悟多多，收益多多！

夜行余思

题记：十余年前，我尚在黄皮学校教书，那时的北溪水库正在启动之中，我的必经之路因炸山而变得阻碍重重，可至今回想起来的一次夜行情状还历历在目呢。

前路塌了，仅存三尺余宽！

面包车抵达坐坦潭后，再也无法往里行驶着，不泊下来又能如何呢？

此际，太阳正收敛着残留的余晖匆匆告退，暮霭沉沉，山风如剪。下了车，猛然吸入一口新鲜的空气，浑身为之一畅！然而想到此处距汤渡尚有数里之遥，不免惆怅起来——即使两手空无一物地行走，亦属艰难啊。况且脚下是遍布狼藉的石头，肩上有或多或少的负担。于是，叹息声、埋怨声和诅咒声争相从各人的嗓门里冲出……

一车的旅客，大多为溪下、金盾两校的教师。为了不耽误翌日上课，都得按时赶回。夜色茫茫，行途坎坷。半蛇皮袋的米与菜已足够让我日益缺少锻炼而变得娇贵起来的双肩发颤发麻了，哪敢再奢望扛上一桶沉甸甸的煤气罐？当机立断，委屈它蹲伏在山居人家的屋檐下过些无法释放热情的日子！

趁着夜幕缓张前的微明，我要做一只"领头羊"。同行者都健步如飞，我若甘尾随于后，岂不成为他人之累赘？蛇皮袋上肩贴背后，眼前大大小小的乱石遂让我惴惴不安了。静寂荒凉的山道上，倘使无人作伴同行，必然会起一身鸡皮疙瘩，变得提心吊胆战战兢兢了。

几位女教师穿着高跟鞋，有的甚至腆着肚子，每一脚踩去总是试了又试，小心翼翼的，谨慎得很，生怕石头一滑，摔倒了绝不止有失淑女风度。万一后脑勺碰破了，迸出血来，痛彻心肺自不消说，救治不及更是后患无穷。尽管大家都自顾不暇，但我们还是互相提醒着，彼此关照着。偶尔会从山上滚下些小石子，也加速着我们的心跳呢。

在凌乱堆叠的石头上绕走摸爬，就愈发感到行坦道悠然洒脱。间或遇到一段平展展的公路，我们都会兴奋难抑，情不自禁地欢呼起来，庆贺自己走运了。就这样，失望与希望交替，忧伤与喜悦轮回。如此复杂的体验，在生命的经历中居然被我碰上了，幸与不幸都不重要，重要的是它留给我一次清醒的思考——当你猝然面临险境，该如何应付？犹豫不决显然是解决不了问题的，光发牢骚也无济于事。

约摸行了三四里险象丛生的恶路，始见一村落里的电灯正放射出晕黄的光亮。胜利在望，借着亮光，我们一鼓作气地到了汤渡。虽然走得热汗淋淋气喘吁吁，眼冒金星双脚乏力，但心里都充溢着欢快与自豪。

择一干净处憩息片刻，见同校的还有几位没能及时跟上来，便站起身迎去，及至发现他们都挑着一副担子，慢慢地挪移着脚步。肩上充当"扁担"的硬棒该是就地取材的吧？而捆绑物件的绳索又是从何而得呢？我纳闷着。不过也很快明白了，原来困境最易催生人的智慧！

最后三轮车将我们安然送到学校。打开宿舍之门，拉亮电灯一看手表，已是夜里十点多了。我匆匆地淋浴一番，便酣然入睡。那一夜我睡得好香好香。

在人生的旅途上多播放一段难忘的插曲，能不让生命之树摇曳多姿？！

不过，有意思的话题还在继续。随着北溪水库的建成，出入大山的道路不再有被堵塞的消息传来，我也很快地调回了原籍，似乎与"高峡出平湖"之地切断了联系与交集。从楠溪道上忙碌奔波的身影换成了在菇溪道上洒脱行走的步子，压根儿不会料到"一方水土养一方人"的俗语也有被改写的时候，原来这些年不少的菇溪人都在饮用着楠溪水呢。时代的变迁真是匪夷所思出人意料，永嘉楠溪就是这样一块神奇的土地，不曾沦为我生命中的过客！

向消泯的岁月致敬，向逝去的青春致敬，热血沸腾的胸臆间猛然喷涌出曾经急就写过的一首小诗——《写给赴山区行教的老师》，特录于此，以示纪念。

穷苦的岁月早已在山外面画上句号

而山里的人们依然在为贫困而絮叨

重重山峦的封锁

使春天的脚步被迫迟到

沉睡的土地何时才能苏醒啊

文明的种子亟需在播撒中钻进泥膏

看那弯弯曲曲的山道上

在汽笛的鸣叫声中涌起了多少春潮

鼓劲吧，落后的山区渴望建设

挥汗吧，贫瘠的土地呼唤良苗

锻炼吧，用青春的脚步辟出坦途

发奋吧，用生命的火焰托起自豪

只要有春风吹过

蛰伏的生机就会顶碎僵土，排除干扰

鸡的控诉

　　我在农贸市场买来一只鸡。磨好刀，正准备杀的时候，鸡突然开口说话了："先试一下刀是否锋利，不够锋利的话，再磨一下，免得我枉受半死半活之苦"。

　　我心头一颤："鸡怎么说起人话来了？"于是问："此话怎讲"？鸡道："我自破壳以来，饮食无忧，过着悠哉闲哉的日子，有一天，主人带我到集上去卖，满以为这下会走运。没料想，在主人和买主的谈笑中，一个个同伴死于刀下鲜血淋淋惨不忍睹的。"

　　鸡眨眨泪眼，继续往下说："太可怕了，这个世界委实是太可怕了，我们鸡，生死是不能由自己作主！我只求生于安逸，死于轻松，不忍心耳闻同伴那掏心摘肺的嚎叫，不忍心目睹同伴那扑腾翻滚的惨状。一个个活蹦乱跳的同伴倾刻间成了一块块白白的鸡肉，我仿佛看到一滴滴鲜血落下，浸入土中。把世界染成一片腥红，听到四周都是生命最后的惨叫声夹杂着幸存者疯狂的怒吼，以及骨骼被利刃砍断的喀嚓声。"

　　此时的鸡已泣不成声了，过了一会儿才慢慢地继续往下说："我的希望完全破灭，我从来没有想象到外面的世界如此残酷。我躲在笼角里，再也不敢多看一眼平时总是笑眯眯的主人及拥挤的来往行人……我只求早死，早点离开这生不如死的地方，反正难免一死，整天耳闻同伴挨刀时的惨叫，目睹同伴死去时的惨状。倒不如早死早解脱。"

稍微停顿了一下，鸡调整了一下情绪，像做了一个伟大的决定似的，说："现在我已经被卖给了你，我的命运就由你主宰了，我不敢有生的奢望，只求你让我少受些苦痛，就是对我莫大的恩赐。"

说完又哀哀地哭了起来……。

我用手试了试刀刃，觉得很锋利了，就向鸡的脖子砍去，想一刀砍下鸡头，以了其心愿，没想到我连砍数刀，鸡却毫发无损。这一惊非同小可，猛一惊醒，哎呀！原来是做了一个梦。

第二天，我照常到集市买菜。鸡摊上，冷不防一只大公鸡从笼里跳出，旋即振翅飞逃。细看这鸡，冠黄肌瘦，大概是受了什么惊吓。只见它惊惶失措的样子，摆开拼命的架式，"咯……咯……"地叫不停。是对人们发出警告？还是给同类传递什么信息？一时，笼里的鸡也都"……咯……咯……咯……"沸腾起来。鸡主人赶紧封住笼口，周围众人帮着捉外逃的鸡。大公鸡"寡不敌众"，难逃围困，眼看就要被捉住，说时迟那时快，大公鸡突然扑腾翅膀，飞上了两米高的围墙，墙外是几十米宽的一口鱼塘，鸡稍稍迟疑了一下，竟"啪"的一声跳入塘中……

当大家赶到墙外，七手八脚地将鸡捞起，鸡已一命呜呼了。

校园轶事

M老师新到H校任教，雄心勃勃的老校长十分高兴："创新教育，就看你们年轻一代；放开手脚，大胆尝试吧。"

就凭老校长这几句话，M老师就兢兢业业，夜以继日地工作。

转眼间，半个学期过去了。老校长问M老师："你是怎么教学生的？"M老师认真地说："严格说来，我很少讲课，更多的时间只是让他们自己学……"。老校长听了面露不悦之色，打断M老师的话："这些学生的基础极差，教师一遍又一遍地讲都理解不了，不讲课怎么能行呢？不行！不讲课是绝对不行的。"语气坚决得没有一丝商量余地。

终考前夕，老校长向M老师了解他一学期的教学情况，M老师如实汇报："绝大多数学生要求老师少讲课……"。老校长气得两眼发直。挥手制止M老师继续往下说，顾不得什么雅态，把M老师骂个狗血淋头。

终考的成绩出来了，M老师所担任科目的学生成绩比校领导预计高出1倍还多。老校长看了，大惑不解！

话说M老师乐意担任H校Y班语文教员兼班主任，校领导总算长舒了一口气。这也难怪呀——Y班无论是学习风气、学习成绩还是课堂纪律都是全校倒数第一。全校教师都视为烫手山芋，惟恐避之不及。

M老师似乎对此并不在意，课余时常混在学生里头，完全没有老师的威严；上课时，学生也敢有说有笑的，完全没有课堂的肃静。为此，H校长曾多次发出严厉警告：和学生一定要保持距离，否则后果不堪设想。M老师面对领导善意的警告，总是报以浅浅地一笑。

"国庆"期间，学区举行多项比赛活动，H校取得了前所未有的好成绩，Y班多个奖项填补了H校的历史空白。如：书画二等奖、演讲二等奖和作文县级二等奖。于是，《校刊》组稿和美术主编及校"小喇叭"主播都顺理成章由Y班获奖学生担任。

一年后，Y班28个学生在期终全县统考时，作文破天荒评得满分。

看来学生是主体，教师为客体，做教师切莫喧宾夺主。这话是颇有道理的。

H校领导在对学生进行问卷调查时发现，M老师极少时间讲课，M老师自己也供认不讳。为了不使这种"偷懒恶习"在学校蔓延，周前例会上，H校长郑重其事地强调：教师要敬业，勤业，切不可视为儿戏，绝不可做误人子弟之事。并点名批评了M老师的"误教行为"。

忽一日，"洋思"风刮起，H校长随县教委组织的考察团进行实地考察。回来后大谈"洋思精神"，特别是其"四分钟教学模式"是"最适合我校实情"的。因循守旧的老校长终于肯定了M老师的做法！

H校在例行检查中，发现M老师安排的学生作文严重超标。在总结会议上，H校长严正指出：大纲要求学生作文每学期10—12篇（首），个别老师不到半学期已达20篇之多，严重违反了教育部"减负"精神，必须立即停止这种违规操作行为，并改变教学方式，适应时代潮流。

前不久，市教委召开优秀班主任经验交流会，H校长有幸参加了。回校后，H校长给各班主任下达了一项命令，要求各班主任注重学生的"有效时间"，让学生限时、限量写日记，双休日必须布置作文，违规违纪学生写500字说明书

见风使舵的老校长真的可以把学校打造成名校吗？M老师暗自嘀咕着。

育儿有感

现在，只要儿子睡在我的身旁，我就有一种无奈的滋味——他习惯在半夜里将脚"横空出世"，弄得我胸口发闷，怒意勃发！然而，每次目光触及他那白净的腿肌，我举起的右手便会不由自主地垂了下来。儿子是可爱的，我怎么忍心打过去呢？想起三岁前，我为他所做过的一切，还有谁会不理解我的无奈！

八年前，正是桃花盛开时节。焦急的企盼中，一声嘹亮的啼哭自产房传出，顿时攫取了我的每一根紧绷着的神经。看着儿子那张带皱的粉嘟嘟的脸蛋，我立刻意识到自己已把根留在世上了。儿子的降生，让全家人的脸上都写满了欣喜。

清楚地记得，当小家伙睁开那双倦慵的眼睛给我不经意的一瞥时，我竟像吃了一枚人参果似的浑身舒畅。我蹲着身子用手指去逗他，端详着他，耐心地为他挥扇赶蝇蚊，拿出手帕小心翼翼的揩去他额头上的汗滴……

也清楚地记得小家伙第一次发笑的情景。当时，他转动着乌黑的眼珠子，嘴角慢慢地牵动了，粲然一笑，是那么的妙不可言。他的笑仿佛使我看到了春天原野上无数鲜花竞相绽放，那么亮丽，那么绚烂！

更清楚地记得，他周岁生日那天体温居高不下的情景。当时我如坐针毡，又如热锅上的蚂蚁，甭提心里有多紧张了。半夜里拖着疲惫的脚步从医院里回来犹在提心吊胆，直把自己折腾得双眼布满血丝……

儿子从会爬到稳站，再到大人放手亦可走路，我们始终不离开他的前后左右。挂历在撕扯中变薄，儿子在我们悉心照顾之下长大了。期间所倾注的心血有几多，惟有自个儿心知肚明。有人说过：养孩子呀，三岁前太操心，而三岁后就省心多了。这句话似乎也是经验之谈。三岁前的儿子在我们的百般呵护之下才不致有个闪失。三岁后的儿子日益健壮了，我已不像往日那样以他为轴心整天绕着他转了。

不过，在我与家人们省心的同时，问题也就出来了：儿子变得特别任性。叫他不要贪玩，按时吃饭，他偏会每天玩得大汗淋淋，满脸脏兮兮的像只大熊猫；撕坏了衣服，磨损了鞋子，总是若无其事满不在乎的；吃饭时，饭菜一旦合胃口，便恐怕会被人抢走似的，狼吞虎咽，让人看傻了眼；在家中更是乱搅，硬是把房间搞得狼藉不堪……

不是我挑剔，儿子的许多缺点越来越暴露无遗。孩子是可塑的，要怪也只能怪我们作父母的不称职，以溺爱去助长孩子的自私、馋嘴、好动、任性、不服从管教。迁就铸过错，施宠结恶果，这是不争的事实。做家长的千万不可忽视。

眨眼间，儿子八岁了，已到了正式上学的年龄。虽然他在幼儿园里接受了近三年时间的教育，可至今淘气不改，恶习良多。想到他是我这一生独一无二的杰作，我能不警惕？

关于父爱

题记：父爱是人类永恒的话题，几乎每时每刻都在芸芸众生间演绎。让瞬间化为永恒，让细节扯出感动，特辑几则作为对过往岁月的缅怀或追忆。

感谢父爱

午睡刚醒，只见儿子一手攥着一件衬衫，一手拎着一双鞋子径直朝我走了过来，说："爷爷回来了，这是他让我拿给你的！"

说来也有些惭愧，这不是父亲偶尔给我买的衣鞋，每年总会有这么几次的。年逾花甲的父亲还为成家立室后的儿子所穿的衣鞋操心，实在是太令我感动了。成家前，穿的有父母一手操办，自然是无话可说；立室后，妻会不时地给我添置穿的，哪里还用得着劳驾父亲？可他积习未改，惯例不破，我也奈何不了，只得听任其便，盛意难却，从不拒收他那一份浓浓的父爱！

然而妻一看见父亲送过来的衣裤或鞋袜，总免不了要说上几句。或嫌颜色不亮丽，穿起来会让人显老；或嫌品牌太低档，上身后会遭人评议。我向来不讲究穿着打扮，对衣裤鞋袜的好坏也就无从计较了。更何况是父亲的一份心意。购东西外行也罢，因节俭买便宜货也罢，不管怎么样，父爱还是值得珍藏于心底的！

"谁言寸草心，报得三春晖"。想到30多年来一直承受着太多的父爱而浑然不知觉，怎能不心潮澎湃思绪万千呢？忆过去，羞愧难当。是啊，在我急需仰仗他人鼎力相助的时候，我曾经埋怨过父亲的地位平凡、交际不广、金钱不厚；在我急于结束体力劳动把田间活留待明天而看到父亲依然不知疲倦地干着的时候，我曾经埋怨过他的精力过剩昼夜不分；在我急想看某本书而被强行叫去做事的时候，我曾经埋怨过他的冷面无情缺少父爱……有人说过："母爱的容量，可以容纳得下儿女们的优点，也可以容纳得卜儿女们的缺点。"父爱何尝不是如此！他在容纳我所有优点的同时，不也容纳着我不应有的牢骚、埋怨等缺点吗？

我感谢父爱，我更要把父爱发扬光大！

弥补父爱

做教师的子女未必是幸，因为不少辛勤的园丁总是把情感的砝码过多过密地叠加于学生这一边的天平之上，而压根儿忘却了自己的孩子也需要大人的照顾与关怀！

在异地工作的几个年头里，我老是觉得对孩子有太多的亏欠，因而也一直想找个机会做些力所能及的补偿。待至调回原籍的心愿初了，便萌发了"我每天要为儿子做一顿早餐"的念头。这不仅是对儿子亏欠的一种补偿，更重要的是不想让日益垂青于安逸的惰性消损我暗潮汹涌的斗志。

那时，儿子的早餐向来是妻给钱，由他自己拿主张，糯米饭、炒粉干、鲜奶加馒头、大饼配油条……不加限制，且在花钱数额上也没订出一套严格把关的制度，致使儿子多了一个心眼，经常挪用这笔"专款"，投资经营那些只具备娱乐功能而不起解饥作用的项目。

我为儿子做早餐，缘起于一日清晨。儿子一声高于一声地嚷叫："肚子饿了！肚子饿了！"

我明知他是在旁敲侧击地向我索钱，却不一语道破玄机，将计就计地说："把昨晚盛在碗里的饭拿去一热吃了，不就饱了？"儿子不甘心自己受委屈，气恼地问："有什么菜呢？"这时我才猛然忆起冰箱里还存放着几枚前些日子母亲送来的"弥足珍贵"的鸡蛋——人们都说家养的母鸡产下的蛋颇具营养价值，与市场上销售的有天壤之别。何况还是母亲所送的呢！于是，我对儿子说："我给你炒蛋饭吃，好吗？"儿子勉为其难地点了点头。

我走进厨房，开始炒蛋饭。我把适量的调和油倒进锅里，拧开煤气，然后从冰箱里拿出两枚鸡蛋，敲破外壳，让里头泾渭分明的蛋清蛋黄流入一只碗里，用筷子搅匀了。一见锅里的油漾开了，冒烟了，我伺机将搅匀的蛋糊倒了下去，筷子拉一拉，铲子翻一翻，锅里便出现了一团色彩鲜艳香气扑鼻的煎蛋，诱人口角噙涎了。之后，我把煎蛋分解了，撒下量约一勺匙的食盐和味精，和铲进锅里的饭搅和一处。

给儿子做早餐耗去的仅仅是几分钟的时间而已，而收获的却是未曾预料的"战果"。儿子津津有味地吃完早餐，问："爸爸，您是怎样将这蛋饭炒出来的？"我秘而不宣地说："你自己去琢磨琢磨吧。"显然，儿子对这一顿早餐是蛮有感觉的。本来炒蛋饭乏善可陈，但有了儿子这一问，我的心里便填满了快乐。

那天，我到办公室签名时，看看手表，指针正三位一体地锁定在六点半这一刻度上。我想："今天给儿子做早餐，竟做出了一个奇迹——比原先惯例提早近乎半个小时到学校！以后，我要天天给儿子做一顿早餐，不仅敦促儿子把一日之计在于晨的理念纳入他初中的学习计划中，同时还要提醒自己早到校。是啊，有一份责任在肩，有一种义务系身，你就不敢怠慢生活敷衍生活了！

儿子的早餐虽然单调，但炒蛋饭则成了我每天的必修课。溯其根由，就在于我要在炒蛋饭这道简简单单的工序里倾注父爱传递父爱，也蕴育师爱衍生师爱。

父爱深深

他，在父亲的监督下，在无人扶持而又极不平坦的道路上，独自骑着一辆自行车在摇摆不定地行驶着。他的手在颤抖，这只是一个初学骑车的八岁小男孩啊！他的父亲没有给他任何鼓励，只是以旁观者的姿势像冰山一样冷冷地说："骑快点，速度……""喀擦"一声自行车被石头绊住了，他惊惶失措地从车上摔了下来。泪水布满了脸庞。他向父亲投去一个眼神，是期待？不，是乞求。但这终究是没有任何效果的。他的父亲瞥了他一眼，冰凉的目光如尖刺般直直地刺进小男孩心中。他不再乞求父亲的掌声，而是迅速地翻身爬起，开始了一段艰苦的学车旅程。他的心中不再是失望，不再是乞求，也不再是愤怒，而是坚强无比的决心。他一定要证明给他父亲看，他能行！最终，他学会了骑车，也学会了坚持，父亲的目光也从冰冷渐渐有了一丝暖意。他看着父亲的变化，欣喜若狂，他知道：他成功了。

上了初中，即将面对体育中考的他心里忐忑不安。几乎所有同学的父母都要给他们的孩子呐喊助威，而他的父亲会吗？走到客厅，看见父亲正在仔细地阅读报纸，他带着一丝不安的神情小心翼翼地轻声问道："爸，我明天体育中考，你会去吗？"父亲没有任何表示，只是轻轻的"嗯"了一声。进了考场的他目光一直停留在那学校门口，灼热的目光似乎想要将校门看穿。轮到他比赛了，校门口出现了一位身着朴素的中年男子，他知道那是父亲，一颗不安而又失望的心立即变得稳定而又充满能量。父亲的目光直直地注视着那在赛场上奔跃的儿子。终于，他跑了第一，是父亲带给了他动力啊！即使父亲刻意掩饰心里的喜悦，但那双有些激动的双眼"出卖"了他。他的儿子欣慰地笑了。

成年了，他的事业蒸蒸日上，成为了公司高级白领。他获得了无数公司职员嫉妒的奖项。当他站在演讲台上，捧着花儿，拿着奖杯，被一群人簇拥时，他的目光却始终停留在家属座位上父亲那空留的座位。目光已变得黯然失色，不具任何色彩。他只想父亲能亲眼看到他拿着奖杯在众人的簇拥下大声呼喊："爸爸，我做到了！"回到家，一直冷漠的父亲却主动迎了上去，说："我的心一直在为你而鼓掌，"此时，他的激动是无法用言语描述的。他决心以后要做得更好。

生命的飞跃

　　冰冷的土地孵化不出温热的生命，封闭的心胸接纳不了好奇的事物。怀着一股不眠的激情与一种求知的欲望，我在洞察这个社会群落的同时，一直以笔为犁，辛勤耕耘，用心灵与墨汁诠释着飞翔的梦想。几载打拼，终于有了自己的作品集。

　　曾几何时，看着周围越来越多的人出书，我也不甘沉默了。于是，趁着去年暑期充任学校修缮教师宿舍监工之便，通过复制、粘贴等办法，将自己曾经发布在官方网站上的篇章整合一处，稍作修改，再以电子邮件发给了出版中介人，专候着油墨飘香的日子早些降临。

　　飞跃是靠翅膀实现的，江苏南京的一位长者名家以其对心芽待萌者那份蠢蠢欲动的理解，送给了我这样一对翅膀，从而为我跟出版社拉近距离做了牵引性的伸手。这长者就是出版中介人，《桂花香丛书》的主编石飞老师！

　　然而我把事情看得太简单了，凡人出书，除了漫长的等待之外，还必须历经被严格审视的焦灼与冲击！因为有一定数量的作品也并不意味着就可以出书，还得有出版社的介入；否则，出书只能成为海市蜃楼，镜花水月。只要是正规出版社的介入，也就意味着你的作品质量必须有保障；否则，在精英荟萃的出版殿堂里想求个立身之地，难矣——编辑们的目光总是格外挑剔的，容不得一颗沙子进眼！好容易等到中介人传来可以出版的消息，接着便是三次样稿的校对。每校对一次，我都会发现一些问题。字、词、句、段、篇，乃至标点，排版，我都逐一推敲，用心琢磨，显示出最大的耐性；删、添、改、换、移，无不思之再三斟酌使用。后来，听中介人说要为我的作品集无偿设计漫画封面，我自然是求之不得了。毕竟我的作品集里大多是童话寓言之类的东西，漫画封面显然切合内容风格，这也算是中介人友情帮忙的一大见证！

追溯这些文字的脱胎，全然得益于"文章千古事"的诱惑。教学之余，我嗜好舞文弄墨。积沙聚塔，集腋成裘，便有了《生命的链条》与《快乐的由来》两本书。感谢《中国寓言网》为我保留了原汁原味的东西，给出版提供了最大的便利。《生命的链条》与《快乐的由来》是各有侧重的：前者以童话故事类为主，而后者以寓言哲理类为主。其篇幅俱都不长，适宜间歇性的阅读。我的这些文字来源，或是对道听途说进行加工，或是现实生活经验的积淀，或是凭借联想而产出的智慧之珠，基调都是昂扬向上、积极健康的，具有教化功能。不过，在熊掌与鱼不可兼得的时候，也特意选了一些诙谐有趣的元素加以调剂！

那么我为何要写这些东西呢？或许你可以从我的"自况"节选诗里看出一些端倪：

我忙于弘扬美德也忙于针砭时弊；

我忙于刻画他人也忙于雕塑自己；

我忙于擂动行进的战鼓也忙于吹响迎春的清笛；

我忙于吮吸知识的浆液也忙于记载奋斗的足迹；

我忙于扼杀流传的谬论也忙于展示演绎的真谛；

我忙于把生命之树移植在希望的丛林里也忙于掘出埋在土底下的金樽玉器；

我甘于忙碌，

为追求生命之花的绚丽绽放而力培心沃！

一切的高度都源于累积；所有的成功离不开奋斗。以笔为锄，是读书人的境界。我冀望这两本书能给人以悦目之外，还有所启发。倘如此，则不枉我一番心血几多求索了！

我把这回出书看成是一次生命的飞跃。在生命飞跃的背后，几年来我一直在殚精竭虑地完善自己。一日，从友人的 QQ 空间里看到这样一段话，颇有感触，觉得它正是我的心境历程之写照，故摘录于此：

人，并不是希望有一副好牙齿，便会有一副好牙齿，而是应该把自己这副也许并不太好的牙齿保护得较好，较长久。

人，并不是希望自己美丽，就会变得美丽，而是应该正视自己也许并不太姣好的面庞，努力美化自己。美化外表，美化心灵，你便会在自我强化、自我完善中得以超脱。

人，并不是想聪明就马上变得聪明，而是应该好好利用自身也许并不太高的智商，用心发掘你自身的潜力，努力把自我演化得不再愚昧、不再呆笨。

人，并不是事事都能称心如意，关键是你必须在顺境中发愤有为，在逆境中毫不退却，昂起头，应对一切风风雨雨。你便会在经受一次又一次的考验中，在一次又一次厄运的惩罚下，变得更加昂扬，潇洒而又美丽。

是啊，生命要飞跃出一个高度，你就得毫无悬念地拥有奋进的目标，具备切实的行动！

妻子的变化

不知是对生命有了新的认识，抑或别的什么原因，与先前比较，妻子着实改变了不少。

刚结婚的那一阵子，妻常坐在床上长时间地发愣，显得没精打采、百无聊赖。要不，她就会对着镜子磨磨蹭蹭地梳妆。此外，她还会泡一杯酽茶，陷进沙发里喝上半天都不挪动一下身子，懒得执帚扫一下卧室房间。一餐仅吃一小碗，唯恐肥胖起来不太雅观！家务活干得很糟糕，几星期下来，十二只玻璃杯荡然无存，原来竟被她一一报废了，看在眼里，我嘴上虽不说，心里却极不痛快！

儿子出世后的几年里，妻一直在侍弄着他，时常叫苦叫累。我一个人的薪水要支付家庭里的种种开销，显然捉襟见肘。可她偏不识趣地给我添烦，今天有闺友结婚刚拿走一笔钱，又说明天女伴生子要回送。更让我气恼的是她有钱在手时一个劲儿地花，没有丝毫的有备无患意识，毫无节制，大肆地给孩子买吃的买穿的，购回毛线不去织或是仅织了一截就放下来，却跑到店里去买加工好了的。缺钱时，她长吁短叹。为求耳根清净，我远避着她，免得她像逼债似的向我伸手索讨！

妻弟上了大学之后，她深感缺钱的苦恼，想周济也无能为力。同时，儿子也上幼儿园了，一个人呆守家里老是看电视太没意思，一向懒散的她才下决心去找活儿干。她曾经一味地羡慕别人吃得好穿得好住得好，自己却轻易地放过了每一天宝贵的时间，结果是若干个 365 天蹉跎过去了，没有留下任何痕迹，而轻松后的心境惟有不可思议的空虚。她从自己的遭遇中蓦然感悟到："劳动是人生的必修课！"妻现在在大哥的纽扣厂里上班，整天忙碌无暇，一有空还要包揽了洗衣煮饭等家务。许是她从实践中深刻地体验到财富的来之不易，也就不再怨天尤人了。与以往不同，我明显地感受到妻勤俭多了，对生活也充满信心。想到她可喜的变化，我打心眼里感谢生活的压力使她懂得了居家过日子的奥妙！

让诱惑远离

　　一位善良的老婆婆在自家的院子栽下了一棵苹果树。苹果树长大了，每当花开过后，树上总是挂满了果子，馋得隔壁邻居家的孩子们直流口水。所以，那些果子总是没能顺利地成熟。

　　原来老婆婆很喜欢小孩。她发现一旦苹果树结出果子了，就会有一群调皮的小孩在围墙外面探头探脑，甚至还会趁老婆婆不注意时，溜进院子偷偷爬上树去。由于喜欢孩子，老婆婆从来不去责骂他们，任由他们偷偷窥探、偷偷爬树。

　　一次，邻居家的一个小孩溜进去爬树时摔下来了，结果腿骨折被送到了医院。孩子的爸爸很生气，嚷着要拿斧头把那苹果树砍掉。邻居们劝阻道："这怎么能怪那树呢？如果不是孩子贪吃就不会发生这种不幸了。"这事情让老婆婆也很伤心，不久后她便将这房子卖了，自己则搬到了别处去。

　　房子的新主人就是那个摔了腿的孩子的父亲。他搬进后并没有砍掉苹果树，而是更加细心地照料它。转眼间，又是苹果成熟的季节了。孩子的父亲整日看守着果树，还把院子的围墙加高，给果子套上了袋子，让那些想偷果子的孩子找不到一丝机会。邻居也在私底下说他小气："不就是几个苹果吗？用得着如此严阵以待地防守着？"

在新主人的精心照料下，苹果们日渐红彤彤了。孩子的父亲便摘下一筐，给每家每户送去。村里的人们尝到了这苹果的香甜，都明白了孩子父亲的良苦用心！

此后每年，孩子的父亲都是这样做。随之，偷摘苹果的孩子们也渐渐没有了……

邻居们都知道，孩子的父亲不是吝啬，而是它过去的主人过于善良，但恰恰是她的善良让那一树果实成为了诱惑，诱惑孩子们以不光彩的手段去获得，因而让孩子们遭受着因诱惑而带来的危险。可孩子的父亲这样做，纯粹是为了让诱惑远离孩子们啊！

一种果子两般遭遇的故事告诉人们：经验与教训是助启理智解决问题的法宝！

衣着的怀想

　　只要从衣着上细加发掘，你就可以收获到一些东西：比如，时序的更替、身价的判定、个性的辨识、兴趣的归档……含蕴丰富而深刻。由此看来，衣着不可不讲究也！

　　虽然崇尚生活简朴的我向来不曾计较过穿着的质量，但对其有无还是相当敏感的，总以为没穿衣服有失雅观有失体面，简直成了怪物。因而，哪怕是暑气灼肌的大热天，着汗衫拉短裤犹恐过于暴露，以至于有惴惴然之感呢！

　　从小到大，穿越时光隧道的衣着究系几何，料想无法作出一个准确的统计数据。该抛的抛了，该留的留着，然而有个不争的事实摆在眼前，留着的除了裹住躯干的也有放进立柜的。裹住躯干的换了就洗，洗了又换；放进立柜的，晒了就叠，叠了又晒。尽管大多衣服穿了都几乎没留下什么特殊的感觉抑或难忘的印迹。然而一旦不见了，便会油然而生一种怀恋与惆怅。不是么？曾记得妻为我购置了一件米黄色的大衣，庄吉牌，下摆齐膝，看上去蛮顺眼的。问过价，开销不菲，我便默然不语。

妻似乎猜透了我吝于花钱的心思，脸色愀然地将它挂到衣架上，走开了。我赌着气不在镜子前试穿一下。直至翌年正月要去拜访亲戚时才想起它，从衣架上取下来披到身上，顿觉贵气逼人，有拔高身价之嫌，与区区贱体实不相副，遂罢之不用。再过一段时日，竟发现这件华贵的大衣"不翼而飞"了。我还以为是妻将它收进衣柜呢。苦苦找寻一番，依然未果。莫非被盗贼登堂入室窃走了？我大伤脑筋地琢磨着，就是弄不明白其中的缘由。后来，我才知道，它是被妻送给一位亲戚了。这也许是我对它"敬而远之"而得到的回报吧！

华衣美服与我无缘，这使我不禁想起了"花堪折时直须折，莫待花落空折枝"是何其的无奈与烦愁、失落与怀恋！

融入怀恋情感的衣着是美的。美的东西不全然在于形貌，更在于它有着令人难以忘怀的神韵。刚结婚那一阵子，我对妻的评价可以说是贬损之词多于嘉许之语，觉得她在行举上唯一可取的是为我织了一件毛衣。她辛辛苦苦地织，看在眼里竟有些许感动。穿出后，同事问我是谁织的。当她们听清楚这毛衣是我妻织的，全都一个劲地夸她能干，说现今的女人能织毛衣不简单。其实，那是一件最普通不过的毛衣，色彩也不鲜艳，只是织成的图案有些别致罢了。婚后几年，我也只穿了几回，都是在天气特别冷的时候。因了它的厚重，每次穿上它，我总有一种温馨与缅想的感觉。

衣不在于华贵，只要能穿出一种美美的情感就行！

烈日下的「奔跑」

　　运动会的到来让我们既紧张又激动。来自六小和八小的运动健将们，将和我们白小进行一场激烈的比赛。

　　在锣鼓声中，所有的运动健儿们排成整齐的方队进入赛场。第一次参加运动会，我紧张极了。但有一个声音响在我的耳畔："不要害怕，尽力而为就好！"我心里悬着的石头才慢慢落了下来，我放松了。

　　早上，没有我的比赛，我当啦啦队员，给同班的队员加油。哇，真是出师大捷。我们班一连诞生了好几个冠军。看着他们胸前挂着金光闪闪的奖牌，我羡慕极了。我真希望我能拥有邹宇轩那样健强的骨骼与陈尔康那样有力的长腿。像我这样骨瘦如柴的小女生怎么可能会赢呢？我有些自卑了，当我看到大家的汗水湿透了衣服，呐喊声划破了天空，我就想起了戴老师对我们说过的话：成绩不重要，重在参与。一想到这，我心平静了许多。

　　下午，我忐忑不安地地来到学校，默默地等待着两点半的到来。太阳在头顶明亮地照着。大约等了半个小时，我被太阳晒得头昏眼花了。

这时，轮到我出场了。我鼓足了力气，使劲往前一跳，脚落在软软的沙子上。哎，拼尽了全力，却连个铜牌都没拿到。我实在有些沮丧了。

可是还没等我来得及悲伤，没来得及喝口水，400米跑又在召唤我了。我有些招架不住了！不过，我还是不停地给自己打气，一步一步使劲儿跑着。突然，在我刚跑完半圈时，脚踝突然扭了一下，我疼得只想放弃。然而，这个念头因王淑瑜的出现而被我抛在了脑后。她一直陪伴在我身边，不停地给我喊"加油"。由于她的鼓励，我加快了步伐，一直坚持着向前冲。

尽管我的努力并没有换来奖牌，但是收获了友谊，我知足了！

老校长当然不会忘了点评几句。他说："一看题目，我就眼前一亮，这是个会思考的孩子，她把自己参赛的经历娓娓道来，亲切而又自然，质朴而又不失机变。这体验够深刻了吧？据我所知，这孩子也不是班里的写作高手哦！"

老校长这时似乎来劲了，他情绪高昂地挥着手臂往下说："切莫小瞧了这些孩子，潜能无限啊！刚才是小学高段的孩子写参赛经历的，那中段的孩子又是如何呢？不妨继续听我念一篇吧！"

老校长找出了一篇小学中段孩子写的参赛征文，眯缝着眼睛得意地念了起来……

运动会上的遗憾

烈日炎炎下，同学们身着统一的校服，迈着整齐的脚步，喊着雄壮的口号，拉开了运动会的序幕。这次参赛的还有另外两个学校的运动员。运动会如火如荼地进行着，等待我们的将是一场精彩的"视觉盛宴"。

我参加了男子组百米赛跑，在预赛中以第二名的成绩进入了决赛。但是，在我去教室喝水时，不幸摔了一跤。我想：这下完了，要拖班级后腿了。

很快，我参加的另一个项目——跳高也要开始比赛了。本来这是我的强项，但我的膝盖现在还在隐隐作痛。看着前面的选手一个个轻松地一跃而过，我心里不禁打起了鼓。比赛紧张地进行着，跳杆的高度在一点一点地上升，我渐渐地有些力不从心了。最后，我尽管咬着牙、忍着痛，还是很遗憾地只得了第四名，真是关键时刻掉链子。

转眼就是下午，跑步决赛的时刻到了。老师郑重地说："预备——"我像一只蓄势待发的猎豹，又像是充足电的马达，瞬间精神抖擞，完全忘记了膝盖的伤痛。只听见"砰——"的一声，我就像一只猛虎似的向前冲去。我离前面的同学越来越近，眼看就能超过他，结果还是比他慢了一步，只得了一枚铜牌。

第二天，天公不作美，下起了倾盆大雨。但是我们不畏风雨，所向披靡。两旁呐喊助威的声音响彻了整个操场。我的心七上八下的，都快跳出嗓子眼了。4×100米轮到我跑的时候，雨似乎下得更大了。一颗颗雨点儿紧锣密鼓地打在我身上，好像是在催促我："快一点儿，再快一点儿！"最终，我们荣获了第二名！

下一次，我将以汹涌的攻势卷土而来，勇夺第一。

念毕征文稿子，老校长又滔滔不绝地说开了："你们听听，这孩子写得多气派啊，真实不误地记录了两天的赛事，站在'我'的角度叙述着，显得特别真实。心中有话，能不写好吗？'我手写我心'，这是写作的灵魂之论，我们教导孩子们都必须牢记！"

老校长侃侃而谈，组委会的成员们听了频频点头。

之后，老校长还想与同事们分享一篇《雨中的精彩》，可同事们发现他的嗓音有些嘶哑了，都不忍心他过于操劳，一位年轻的女评委便从他的手里接过征文稿子念了起来：

等着、盼着，一年一度的田径运动会开始了！

可惜不赶巧，昨天还是艳阳天，今天却下起了大雨。

快到比赛时，雨下得还是很大。这时王老师来了，我有些发愁："雨下这么大，这可怎么比呀？"

王老师说："在雨中比呀。"我感到非常惊讶，但是我很快就接受了。"运动员都不惧怕风雨！"听了老师这句话，我的心中充满了激情。

站在400米决赛的跑道上，雨点儿拍打着我的脸，我冷静地等待着发令的那一刻。我明白我将开始面对的是绕操场两圈的全速奔跑，我的心开始有一些紧张。但是，为了班级的荣誉，我要战胜恐惧，挑战不可能。

　　发令枪一响，天地似乎都抖了一下，我的心也随之一震。但我并没有犹豫，而是飞快地跑了出去，竭尽全力不让后面的人追上来。比赛接近尾声，我的脚步越来越沉重，如同灌了铅一般。一位同学追上来了，随之又有一位同学追上来了……听着越来越多的同学们声嘶力竭地为我喊"加油"，我心想：比赛还没结束，我还有机会！我拼命地跑，化身一只饥饿的老虎，那条终点线就是我的猎物！伴着同伴们和老师的鼓励，我冲过了终点，拿到了第三名。老师和同学们都为我欢呼，在他们的眼中，我看到了鼓励和支持，还有对我坚持下来的赞许。

　　这个在雨中举行的运动会，真是让我难忘呢！

　　女评委念完后，老校长情不自禁地又站了起来，说："同事们，不是我们的孩子不会写作，也不是我们的引导出了大问题。只是我们忽略了要给孩子提供一方锻炼的舞台，从实际出发，无须拔高要求，注重于孩子们吐露心声方面的激发与诱导，切忌漫无边际的空泛之谈，不要急功近利，不要揠苗助长！方法准确了，路子走对了，我们就能给孩子们插上一双腾飞的翅膀，就能让孩子们御风而行，翱翔于浩浩苍穹！"

　　老校长激情澎湃抑扬顿挫的一席话令在场者热血沸腾，他们无不肃然动容，因而报以最热烈而又最持久的掌声！

　　这次校运动会给予的启示让语文组的老师们受益匪浅。她们总算彻悟了"生活是创作之源"这一貌似平常却是千古不易的真谛！

爱校胜爱家

　　如今，在溪下乡黄皮村，金盾学校是一道最亮丽的风景。为了这一山里"孩子的摇篮"崛起，三年来有多少人为之倾注过心血啊！其中，金盾学校校长王孝国真可谓是爱校胜爱家的一个典范。

　　1997年春，金盾学校在省公安厅的大力支持下破土动工了。值此激动人心时刻，王校长带头捐资1000元。在他的带动下，短短半天里，22位教职工筹集了建校资金1.2万元。

　　尔后，王校长更忙了。他清醒地意识到自己肩上的担子格外沉重，于是一边抓学校管理，一边筹催建校资金，穿梭似的往来不息。他往往是一出差就是十天半个月的，尽管十分辛苦劳累，可他却满怀信心劲头十足呢！不巧得很，此时他的妻子患了重病需动手术，他只好借钱送她进医院。那些日子里，他只恨自己分身无术，焦虑不安夜难成眠。妻子刚出院，他又动身上省城催款，连责任田里的稻子也只得拜托老师们帮忙割！

　　为筹集建校资金，王校长熬白了许多根头发。确实，在这已熬白的头发里也融进了他狠抓教学质量的一番苦心。"学校没有一套健全的管理制度，就无法奢谈教学质量。而教学质量又恰恰是学校的生命线。"为此，他趁暑假之便利，积极主动地与山外一些学校联系。取得真经之后，又活用起来。管理制度的不断完善，促使教师们责任到位，潜力发挥出来了。很快地，学校的教学质量有了明显地提高。

王校长在工作上是认真严肃的，而在生活上却处处为教师学生着想每逢节日，他总要把外来教师请到自己家里聚餐，以解乡思之扰。从破旧的黄皮寺里搬出来时，他考虑到教师的宿舍不够用，而自己离家近，便毫不犹豫地让出本属于他的宿舍。

山里的孩子能在一流的学校里读书，王校长既感到由衷的欣慰，又觉得肩上有很大的压力。他常说："我惟有专注投入地搞好学校，才能问心无愧，才能不辜负党与政府对山区教育事业的莫大关怀！"

一朵迟开的花

　　一株从幽谷里挖来的兰花，瘦小，且其貌不扬。它的叶子稀稀疏疏，小根也不发达。究竟是弃之还是栽之呢？看着孩子一脸期待的神色，做父亲的终于下了决心，向一位嗜好养花的同事要了一个花盆，便将它栽了下来……

　　一天，嗜好养花的同事过来拜访，见盆里的这株兰花可怜兮兮的，便提醒道："它先天不足，你想让它开花吗？那得要付出足够的耐心啊！"

　　孩子的父亲回答："不管是多长多久，我都可以等！"

　　那同事见孩子的父亲态度如此坚决，深为感动，便毅然面授机宜："给其根部铺围一层苔藓吧，这样可以防止水分的蒸发；平时要给它多喂些淘米水草木灰，这样可以有助于它的生长啊！"

　　同事的话听起来颇有道理，孩子的父亲欣然照办了。他满以为这下会换来兰花的知恩图报，开出艳丽迷人的花朵来。不料，好长时间过去了，它依然没有开花的预兆与迹象！

　　孩子的父亲很沮丧。不过，令其稍感安慰的是这株兰花的叶子比原先粗壮了不少。这一发现，让孩子的父亲又看到了一丝希望的曙光，继续关注着它的成长。

暑去寒来，这株兰花仍然没有开花的意念。孩子的父亲觉得自己的付出实在不值得啊，便有些不满地说："还是让其自生自灭吧！"

话虽是那么说，可孩子的父亲依然充满着期待。一天，孩子的父亲站在盆花前，竟发现这株兰花的叶子枯黄了，根部的泥土也有些龟裂开来了。他为自己这几天赌气不来探视而感到惭愧与内疚！他不忍心这株兰花就这样报废，于是动了恻隐之心怜悯之情，又一次给它围铺苔藓，喂其淘米水与草木灰……

又是一年春来时。一日，孩子的父亲向阳台走去时，忽然闻到了一股幽香。循香找去，惊喜地看到盆栽的兰花开了，米粒般大小，一朵紫色的小花在稀稀疏疏的叶片间默默地倾吐着清香，展示着它最生动的一面……

孩子的父亲苦等了三载，终于有了回报。他激动地想："是花总会开的，只是迟早而已。不过，在等待花开的日子里，最需要的是我们能够支付得起一种不变的热忱与爱心。

赢得回眸一顾

读过汉乐府《陌上桑》者，一定忘不了"行者见罗敷，下担捋髭须。少年见罗敷，脱帽著绡头。耕者忘其犁，锄者忘其锄。来归相怨怒，但坐观罗敷"这些脍炙人口的诗句吧。罗敷之所以形成如此之强之大的磁场，显然因了她有夺人心魄之美。而我今天竟然用"赢得'回眸一顾'"来形容自己，岂不是滑天下之大稽？非也，我的确曾经赢得过"回眸一顾"呀……

97年正月初十，我从经济发达的桥头镇只身走出，来到了永嘉最偏僻的山区，在那阴森破败的黄皮寺里给大山深处的孩子们"传道、授业、解惑"。为了彻底改变他们不容乐观的现状，我不仅煞费苦心地筹谋，还以苦为乐地奋斗着。我不知道自己的付出能否换取学生一丝半毫的感激，但有一事实明摆着，一目了然——每回比别的班级迟些下课，教室外总会围满了许多"猎奇"的孩子，"驱"之不去。这也许是山里孩子对外来教师怀有一种好奇心罢了，算不了什么。然而真正让我领略到幸福感的则是学校搬出黄皮寺后的事了。2000年4月，历时三载由省公安厅、县政府及县教育局联合出资 300 万之巨的金盾学校落成了，黄皮垟上添了一道亮丽的人为风景，学生的学习环境得以大幅度的改善，我自然高兴。不过，让我更高兴的是不经意间收获了一种无与伦比的自豪：一天，我伫立于窄小的厨房间，正手捧着茶杯在喝着白开水，这时，放学的铃声响了。顿时，窗外涌动着一股人流，汹汹然的，这些从教学楼鱼贯而出的住校生要去就餐了。蓦然，我的眼睛睁大了。我发现班里的一个学生经过我的宿舍门口时便放慢了脚步，回眸向我的厨房投来了意味深长的一瞥，尔后笑着朝前驰去……跟在后头的同学也像他一样，放慢了脚步，回眸向我的厨房投来了意味深长的一瞥，尔后笑着朝前驰去……第三位亦然……望着这些令人遐思的"回眸一顾"，我愕然一阵子后，忍俊不住笑了！

学生的"回眸一顾"，显然是对我忠诚教育事业的回报。见证它的不止是一张纸条的深邃与三个电话的执着（这是我 2002 年获得第十五届省春蚕奖后在十大学区师德巡回演讲的内容概要），还有为数不鲜的正待辑录的生活片段。

金盾学校正式交付使用的前夕，校长为照顾外地教师而特意安排我与另外几位住在比较舒适的三楼。会议一结束，我就找平时最投缘的同事王发明商谈，拟欲跟他换房。王发明正为自己住在最底层而发愁着，听了我的话，求之不得，自然喜出望外地答允了。事后，有人讥嘲我憨，傻冒一个，可我只是抿嘴笑笑说："住三楼，搬煤气罐太费劲了；还是住在一楼的好，省事方便！"其实，我心里是这样想的：只有距离教室更近些，才便于学生找我讨教，利于我去管理学生！难怪有人这样评论过我："一个胸腔里埋贮良知的人，其行动往往会透逸着一股痴气！"

大山里头不乏渴求知识的孩子，我懂得他们的心思，也关注着他们的成长，因而每次回家都不忘捎上几本《作文选》之类的课外读物分送给他们阅览。每每看到一些学生如饥似渴地抢吞着我提供的精神食粮时，我便会不由自主地发出"地薄者产大木何其艰难"的感慨！

对大山深处孩子的一种强烈责任感，促使年近不惑的我还忙于"充电"，参加大专函授班学习着。为此，妻曾大动肝火："学什么呀？这不是纯粹在糟蹋钱吗？"我想：在同一片蓝天下，山里的孩子也需要良好的教育。而这话，我无论如何是不敢对妻说的——毕竟儿子的学习成绩一直不尽人意，鞭长莫及的我岂能不自矮一截？

如今，从县城乘车到溪下途径北溪库区的人们都会发现，原有的那条公路早已隐没在水里了，偶尔露出的一段也面目全非矣。就在这条通往大山深处的弯弯曲曲的公路上，留给我的几乎都是些无法从记忆里抹掉的恶旅。一次，面包车在剧烈的颠簸晃荡中被迫停驶，而车外却是漆黑一团风雨交加，迎接我的是头顶上悬崖之水猛泻，耳畔响着汹然不绝的溪声，脚底下坑坑洼洼，稍不留神，定会被绊个磕破膝盖撞落门牙的惨状；又一次，我扛着半蛇皮袋的干菜绕走摸爬于一地凌乱的石丛中作艰难的夜行，至今心有余悸呢：既要提防着随时会从山坡上滚落的石子，又得小心翼翼地避开棱锋夹缝蜗移着……面对如此这般的遭际，我都坚强地熬挺过来，因为我脑里想着的是学生，胸中装着的是教育。

赢得"回眸一顾"，胡马依北风，越鸟巢南枝的思乡之情便被冲淡了许多；赢得"回眸一顾"，爱岗敬业、恪尽职守便成了我一种自励不已的本能！

鲜花与山核桃

有这样一则故事：一位颇有成就的老人与其年轻的儿子在公园里散步，儿子兴致勃勃地指着公园里那些开得甚是娇艳的花儿说："年轻人真像盛放的鲜花富有诗意啊！"老人不语，尔后买来了一包山核桃，掂在手里对儿子说："不错，你正处于人生的花季，如鲜花般美好。"接着，语调稍顿了一下，便指着山核桃微笑着说："我呢，是不是像山核桃？你要知道，每颗果实都经历过花季，可并不是每一朵花都能成为果实的！"

这故事看似简单，其意蕴却非常丰富。在人生的流程图里，生命的花季就是青春。青春是美好的，是值得骄傲的。虽然它不是生命的始点，却是人生旅途中要迈出的第一步。走好人生中的第一步极为重要极为关键。因为人生的富有往往就是由此而开启，人生的收获往往要在此时播下将欲为之奋斗的种子。只有珍惜青春，才能由幼稚走向成熟，由脆弱走向坚强，由狭隘走向辽阔。设若一个人只把青春视作一笔自夸的财富一种炫耀的资本，那么其追求就很容易失去方向或目标了。

做颗山核桃大不易。芸芸众生里，如鲜花般美丽可爱的年轻人随处可遇，然而最终能成为"山核桃"的并不多。这恰好印证了故事中那位老者所说的话——"每颗果实都经历过花季，可并不是每一朵花都能成为果实的！""山核桃"之所以难能可贵，细究之下，缘于大千世界，人大多是为梦幻而活，为活着而活。为梦幻而活者由于不敢正视现实不敢直面人生，因之也就消极被动地活着，得过且过，进而没有了开拓的本能丧失了创新的潜质。为活着而活者，也只知肆意地挥霍着生命的能量，生命之花就在缺少呵护情感的环境中逐趋枯萎……总而言之，这些人无缘让生命之花结出珍贵的果实，全然归咎于他们对人生价值没有深入地了解。

做得成"山核桃"是需要不薄苦难的。不予人以悦目，只求为人以补益。在生命的流程里实现生命的价值，"山核桃"的形成取决于经久的磨练，取决于风风雨雨的侵扰，取决于自信的不垮……能成为山核桃的人总是忍受着常人难以忍受的痛苦，努力着常人不愿努力的奋斗。事实证明，古今中外，凡有建树者，他们都是为着生命能发挥最大价值而在不懈地追求不停地践行着。王羲之之所以能成为中国书法史上一座难以超越的高峰，离不开他毕生地孜孜以求；王冕之所以能成为一代画坛宗师，离不开他的日积月累临池不辍；爱迪生之所以能成为举世闻名的发明大王，离不开他对实验工作的痴迷；华罗庚之所以能步入辉煌的科学殿堂，离不开他对数学事业的一往情深……总之，生命之果结得越丰硕的人，其生命之树总是青翠挺拔的，其生命之花总是不盲目绽放的。即使风雨如磐，亦能笑傲枝头。

让鲜花变成山核桃，最关键的就是惠赐大众而不畏困苦，挥洒汗水，甘浇心血！

水缸满柴仓浅

"水缸满，柴仓浅"这句古训在楠溪农家人口头上传了一代又一代，而对现在的孩子来说恐怕都很陌生了。究其原因是近年来农家生活日趋富裕了，注定这句古训失去了存在的价值。

"水缸满，柴仓浅"这句古训得来是有依据的。在没有控制人口数量的年代，由于"多子多福"的传统观念在作祟，人丁兴旺是每对夫妻的必修课。家庭成员一多，促使水缸非满不可，更何况水缸满意味着主人勤快哩。实际上水缸满还有一大用处，那就是万一柴仓起火了，有它鼎力相助，祸根得拔，灾祸可除呢。至于柴仓要浅这道理更是不言而明。以前的农家，屋子大多属木质结构，最怕火了。灶孔里的火星偶尔迸溅出来落入柴仓里，柴薪若丰，火势必旺，远水难救近火，木屋也就岌岌可危了。最担心的是有些调皮的孩子颇好在柴仓边玩火柴，一旦惹火，自然是劫数难逃了。因此说"水缸满柴仓浅"实属农家人有强烈的忧患意识的表现。

过去的孩子几乎要为水缸和柴仓牺牲很多游戏时间。为减轻父母的负担，懂事的孩子总是记住自己的责任——"水要挑满，柴要备足"。在劳动中磨炼出来的他们也总是体魄强健，质朴无华，与现在的孩子相比起来总是多一些坚强多一些成熟。这是生活给予他们的回报！

　　如今的农家大多装上了自来水，只要一拧水龙头，清清的山泉便会汩汩流来，有水缸在屋反而碍手碍脚，水缸被淘汰的命运也就可想而知了；如今的农家人煮饭有电饭锅，炒菜有煤气灶，柴仓也只好退出历史的舞台，"难睹尊容"了。

炖鸡汤里沸欢歌

　　愚以为"磨刀霍霍向牛羊"，虽然让味蕾获得一时快意，但感觉未免有些残忍，自然不会去凑那份热闹；"一朝吃蛇，十年难忘"，亦无利于当今所大力倡导的生态保护，又怎敢以身试法冒险为之……看来，要吃出美味，我们只能在日常生活中去发掘了。

　　"胃口第一，食品次之"，我相信能说出这句话的人总是有依据的。古之皇帝对着"玉粒金莼噎满喉"时，不也有不如平民百姓嚼着菜根自觉香甜的那份缺憾吗？不错，一个人若是没有好胃口或好心态，即便啖食着熊掌、猴脑、鱼翅、燕窝，也会味同嚼蜡呀。

　　花样百出的农家烧里头，当然也不乏美味之吃，煮田鱼时不忘放一把苋菜干，保准你会吃得津津有味喷喷有声；炒煎蛋里投撒几块青椒片，也可能会令你过舌难忘，沦肌浃髓；至于在焖羊肉的高压锅里下几颗芋芳，让你吃个眉飞色舞，显然也是不足为奇的……

　　在频繁下厨的操练中，留给我印象最深刻的莫过于第一回炖鸡汤了。

　　一天，妻从菜市场里拎回了一只已宰并去毛的肥鸡，说是给我补身用的，让我自个儿炖汤吃，并一口气说完了投烧法秘诀。我稍作犹豫便答应了——毕竟她也没闲着。于是我照着妻的话，手忙脚乱地摆开砧板，操刀将鸡肉肢解成一块块。继而将鸡肉放入高压锅，倒了半锅水，恰好将鸡肉都浸没了。接着，投下数棵小葱，几片生姜和一些茴香，还加了一勺精盐，拧开煤气烧了起来。蓝色的火苗舔着锅底噗噗地烧着。不多久，水便开了，沸溢而出。我见状后，赶紧关了煤气罐。一揭锅盖，鸡块还是白生生的，显然未煮熟呢。锅里的汤水所剩无几了，我只得添加些。这回改成了文火慢烧。这下，满屋飘香，让人情不自禁地馋涎欲滴要流口水了。

妻过来看了一眼，说："我帮你烧吧。"又过了一会儿，她面露喜色，说："这下成了。"随手熄灭了火焰。约摸过了一盏茶的工夫，妻掀开了锅盖，盛了少许鸡汤尝试着。觉得咸淡适中了，便将高压锅里的鸡肉鸡汤分盛在三只碗里头。

喝着鲜美不腻的炖鸡汤，听着妻略带夸张的赞语："假以时日，你也非成顶级厨师不可了……"我不禁有些飘飘然了，献媚取悦地回应着："多谢夸奖，我之所以初战告捷，也有你这位幕后夫人的功劳！"

儿子不知是何时进了厨房，他气鼓鼓地责问我："爸爸，有好吃的，怎么不叫上我一声呢？"我指了指放在一旁里盛鸡肉鸡汤的碗子说："不是早就为你准备了一份吗？"儿子便不再说话，端起碗兴味盎然地吃了起来。

在我的美食档案里头，炖鸡汤无疑是不遑多让的美食佳肴啊！

炖鸡汤里沸起了欢歌，那是爱与分享的见证，有着亲切甜美的旋律，却令人深刻难忘咀嚼不休！

自豪莫过教师

　　工作是美丽的。走进教室，跨上讲台，左手执课本，右手握粉笔，背后是乌亮的黑板，眼前是求知的学生。在这样的氛围里，面对着几十双饥渴而又信任的眼眸，面对着亟待浇灌的花朵们，情涛怎能不在我们的心海里激荡？热血怎能不在我们青春的动脉里迸涌？是啊，站在未来的起点上，担负着永远年青的事业，一种人生价值得以体现的自豪感充溢着胸臆，并渗进了每一个毛孔之中，这是何等的淋漓畅快啊！

　　自豪莫过于教师，因为我们所从事的是太阳底下最光辉的职业，我们是塑造人类灵魂的工程师，我们是文明薪火的承传者；自豪莫过于教师，因为振兴民族的希望在教育，而振兴教育的希望在教师——教师之于民族的希望犹如墙基之于百丈高楼，枕木之于千里铁轨，钢材之于万吨巨轮；自豪莫过于教师，因为教师像春蚕，取之于人类的仅是几片小桑叶，而贡献给人类的则为闪光发亮的丝绸；自豪莫过于教师，因为教师像园丁，为了迎取百花吐艳的春光，总是从不懈怠、毫无怨言地给一棵棵稚嫩之苗松土、浇水、捉虫、施肥；自豪莫过于教师，因为教师身负崇高的使命，最容易成为儿童幸福的创造者，最容易成为儿童心灵的医治者与疗愈者……我敢断言，这个世上如果没有教师，也就不可能有诗人、学者、画师、园艺家……

自豪莫过于教师，踏上三尺见方的讲台，也就意味着教师在燃烧在释放在开垦。燃烧着释放着开垦着的教师便成了消灭问号高举感叹号的闯将——以工整的板书编织出的情感网络封死了谬误的细胞，让小小的黑板延伸出一个无限广阔的空间，借此记录学生们从单纯走向丰富从幼稚走向成熟的美妙经历……

一句话，教师这个职业是崛起百业丰碑底下最可靠最稳实的基座！

尽管众口难调，然而作为教师，谁曾怀疑过拥有自己的节日并享受着其他许多行业不具备的寒暑期、双休日、节假日待遇不算是一种幸福的滋味？是啊，自豪莫过于教师，这得益于党与政府的关怀，得益于广大人民群众的重视！

铸就教师的自豪，往往取决于教师们的责任心与使命感。一个谙于锤炼内质不断完善自我的教师，必然牢记着"其身正，不令而行；其身不正，虽令不从"的古训，在"有所为，亦有所不为"的做事原则下，时时严于律己，处处以身作则；也必然深知"诲人不倦的基础是学而不厌"与"要给学生一碗水，自己就得储备一桶水"的观点，从而做到"工欲善其事，必先利其器"地忙于给自己"充电""输氧"，以防"知识的透支"；还必然懂得"亲其师，信其道"的教育理念，因而总是以蔼然有仁者之风地在莘莘学子的心田里播下一颗颗自信的种子，一颗颗希望的种子……的确，教师的自豪得益于一片恋教的热忱，得益于一股经久不衰的内驱力！

自豪莫过于教师，但愿我们教师都能以寸半粉笔勾勒出一幅幅追求人生意义的壮图；凭三尺讲台演绎出一部部实现生命价值的巨著！

妻爱如酒，味在品

我一直感受得到自己的诸多优点：在家执帚扫地、洗碗刷锅从无嫌弃，酒不沾唇、烟不上嘴亦未自怜；在校总是恪尽职守、专心事教；一切娱乐活动悉数拒绝，闲暇时惟知嗜读书报而已；暑寒假来临，欢欢喜喜地在田间地头穿梭。尽管如此从严自律，固守勤俭，妻却熟视无睹，"无动于衷"！

与妻相处将有九个年头了，迄今为止还没承受过她一个欣赏的眼神，一句赞赏的话语。究其缘由，应归咎于我的冷漠态度吧。妻着实渴望我能在她面前谈笑风生。而事实呢？原本口若悬河侃侃而谈的我不知何故，只要一进家门，便显得一本正经不苟言笑，因此常惹得她要奚落于我："怎么啦，一到家里就哑巴了？"

其实，我的沉默全因她而起。妻全然不顾我的激烈反应，但凡她看到不顺眼之事，就会喋喋不休地絮叨开来。每次见到我带着一脸疲倦一身泥浆从田间归来，她总免不了要埋怨几句："比 3 岁孩童还差劲，弄得这么脏！嗨，你以为洗衣服就像吃家常便饭一样简单？累得很呐！不信，你也可以试一下。"听起来，颇不舒服。随着妻的声声指责一出口，我从心底里升起的一股歉意也就烟消云散了。原拟驳辩，又觉得小题大做。此刻，我心里总会想："若是她能讲得婉转一点，我还是可以接受的，何必咄咄逼人？"

妻不擅辞令的例子可多着呢。每当我穿起父亲从外省买来的廉价衣鞋时，她硬要在一旁指指点点，评头品足一番："本已生得丑陋不堪了，再配上这些叫乞丐也嗤之以鼻的衣鞋，自然是'锦上添花'了。还是趁早听我的劝，把它们脱下来送回去吧！"朴实的我向来不讲究穿戴，而听了这些话，也尴尬得脸红耳赤。也许男人的衣着就是女人的脸面，我还有什么话可说呢？

虽然妻大放厥词常常搞得我狼狈不堪面露不悦，但我对她许多时候的善解人意还是心存感激的。有亲朋好友来访，她总会殷勤招待；随着季节的更替，她会不时地给我添置衣裤鞋袜；一旦我过于劳累，她就会给我买上一些滋补品；天气骤变，她会亲自把棉褥铺到床榻上给我御寒；我要出门做客了，她总会为我拉领整袖、扯平衣角或系好鞋带……

面冷心热的妻有太多的爱，她不管我能否全盘接受，总是一个劲地播撒着……

感动 源于细节的

记得当年在异地教书时，曾带学生到猫儿涂秋游。山行时，发现路边长有俗名为"天青地白"的药材，我便俯身揪拔……

一位学生好奇地问道："老师，您在干啥呀？"

"采药！"

"采什么药？有何用途？"

"我在采'天青地白'。麻老师患了胆结石，听说这药可以治好她的病！"

随后，学生们都放慢了脚步，四处找寻。多么善解人意的学生啊！他们偶有发现，便会欢呼雀跃起来。有的抢着去揪拔，不慎被荆棘刺破了手脸，也没顾得上喊声"疼"。看着这些活泼可爱的孩子，一股激流在浑然不知觉间淌遍了我的周身，心情久久不能平静！

那一回，我与学生们揪拔了几小袋药材。返校后，将之清洗干净了，送与麻老师！

让我感动的事还多着呢。每当结束上午最后一堂课，从教学楼匆匆出来，准备进自己的小厨房拧开煤气烧菜时，不经意间看到放在窗台上的饭盒，我的心底里就会滋生出莫名的感动。我知道，饭盒又是班里的某位学生替我拿回来的。可能是麻黄永，也可能是应鹏香，更有可能是刘银珠。一想到这习以为常而又悄无声息的举动，我的心里就会"发酵"出丝丝的内疚，觉得自己对待他们实在不够宽容……

见了面不是疾言厉色地下令："快去做作业"；就是恨铁不成钢地指责："你们什么时候才能考试及格啊？"而这些学生似乎也真能读懂我对他们以严厉做伪装的缺乏温情的深爱，这不能不说是我人生中的一大快事！

一个星期天的午后，该是住校生回校之际。我打开门，兀然看见房间外头放着两株笋和一小捆菜。我立时明白，这笋是麻东方馈赠的，这菜是金艳娟"进献"的……几天前，麻东方来借书时对我说："老师，我家有一大片竹园，现在正是长笋的时候，我回去后给您挖几株，好吗？"不待我有所反应，站在旁侧的金艳娟却接过话茬道："陈老师，我外婆种的菜特好，下次回校，我准给您带一些！"尽管我找出种种理由加以婉言谢绝，可他们仍不食言。我的心湖里怎能不掀起巨波猛浪？！这些孩子来回一趟得走几十里山路，要带足自己一周吃的粮食，按理说已是自顾不暇了，孰料他们会坚守自己的诺言，给我送笋带菜！

被爱是一种幸福。虽然那时的生活是清苦了些，但我的精神世界并不贫瘠啊！

留住这一份份历久弥新的感动，它会把盈纳于我胸间的激情变为一缕缕关怀的阳光，汪洋恣肆地倾泻到学生的心田。

回望衣着
情未了

　　若不得益于本性俭朴，我的大多衣着说什么也不至于这般经久耐存了。因为妻在每隔一段时日整理衣柜，偶尔破损的或陈旧者总是非弃之不可。如今每次开箱倒柜，都能翻找出在十多年前曾裹过吾肌、贴过吾肤的衣着呢。而细细检阅，并想象着它们如何穿越这漫长岁月，有幸绕避开妻那挑剔的眼光，心中不免生发出一番感慨来。

　　唉，那件汗衫不正是当年风光得志的见证么？其时，我在一所小学里任教，尽管"位卑价贱"，是名代课老师，但由于乡亲们一致认为"会教书"而威信逐高。一些家长为报答我的兢兢业业，便让自己的孩子在毕业前夕送来"纪念品"，有嵌画的匾额，有外观漂亮的保温杯，有精致的笔，还有不锈钢的脸盆……真可谓五花八门不一而足。其中最出乎意料的是收到了一件汗衫。我清楚的记得，那是一个叫范凯的孩子所"敬赠"的。他在课堂上顽皮捣蛋，但于课后却知道尊师有礼。激动之余，我回赠了一本《童话》，还在扉页上挥笔题写一"诗"。汗衫被穿了几回，缘嫌过于臃肿，刷洗干净，晒好后折叠起来收进了衣柜。睹物思旧情，胸间充溢着一股自豪之气。

哦，那身西装不就是父母为我要当新郎时而特意选购的吗？珍藏了这么多年了，未见褶皱，颜色不褪，从中不也能看出我对它的"呵护备至"了么？当年，在我即将结束独身生活之际，父母先是托裁缝师傅给我做了几套新衣服，后来许是觉得档次低些，又兼彼时已有西装上市了，他们就毫不犹豫地替我买了一身，说是结婚乃人生大事，破些钱不为罪愆也。结婚前，我拿它在镜前试穿了一回，甚是合身，颇中意念。可临时当新郎的那天，我却没有将它"石破天惊"的炫耀出来，不为别的，只为要以常态示人，免起腼腆和尴尬。

检阅这衣柜里叠放齐整的衣裳，大多属妻为我备换而置办的。随着时序的更替我能很快地找出相对于的"躯体附属品"，这就是妻对生活的一种设计和贡献。

每一身衣着里都曾演绎过生活的故事，这绝对是理性的思考。但愿在我们的身上演绎出来的都将是精彩的故事，而非令人伤痛的传说！

芋菜芋饭皆诱人

记得文学巨匠鲁迅在回忆《藤野先生》一文里说他自己去日本求学时，刚住仙台的那些日子每天都要喝难以下咽的芋梗汤；当我决计从一块芋地里穿行而过时，总免不了要小心翼翼地推开芋叶，以免衣服被沾了污渍……最初的印象中，芋似乎是一种不受欢迎且近乎可憎的农作物。其实不然，在农家丰富多元的吃文化里头，芋可以做出风味别具的菜或饭哩，难怪已故的我国著名数学家苏步青生前处身异地还忘不了时常托乡亲给自己捎运一袋袋的芋艿。原来芋也是一种慰藉乡思的载体依凭！

腊月廿四，农家人的风俗习惯几乎都要在这天的晚餐煮出一锅芋艿，其乐融融地围灶剥吃，蘸着赤糖或酱油，吃得有滋有味满口生香。

在少菜的日子里，芋艿也可以充当"丰富味蕾体验"的菜肴角色。被晒干后，切成薄薄的一片片，在油锅里炒几下，撒些盐屑，投些葱花姜丝的，煮一会儿，盛在瓷盆里，就成了一道色香味俱全的菜了。

最难忘的要数第一次吃的芋艿饭了。那是一个中秋的前夕，意即新芋到了可以挖的时候了，为让清谈寡味的舌叶获得滋润，母亲特地买回了一些肥瘦兼具的猪肉给我们煮芋艿饭。芋艿饭被煮熟了，揭开锅盖，母亲先用饭铲将芋艿捣烂，尔后匀撒盐粒与味精，再将捣烂的芋艿米饭与肉儿铲向一处，使劲地搅和着，直搅得饭香四溢才罢手。之后，母亲一声令下，大家拿着饭碗争先恐后地去盛……我盛了一碗，狼吞虎咽地吃了起来。一碗没过瘾，再添了一碗，依然没过瘾。就这样一口气吃了三碗。"好爽口啊！"我不禁啧啧赞叹起来。母亲看着我的一副馋相，摇摇头，笑着说："吃饭要细嚼慢咽，否则咬了舌头就不好了。"果然不出母亲所料，在上齿与下齿的猛然叩击间，筷子来不及缩回，不止弄伤了舌尖，险些让一颗牙齿要"壮烈牺牲"了。一顿平常的农家饭，竟然会吃出这么尴尬，真是始料不及啊！

手"谈"着第一次吃的芋艿饭，我至今还觉得有些滑稽可笑，有些过舌难忘。

许是得益于芋菜芋饭皆诱人吧，此后的每年我都会种一些芋。种好芋绝不是一件简单的事情。芋在骄阳似火的夏天里生长，于选地上首先要考虑的是灌水的便利，其次对土壤也颇为讲究。瘠薄之地，即便有好的水源，种出来的芋也肯定不会有理想的效果。所以，土层厚，兼具肥沃才是不二之选。除此之外，还要提防或警惕病虫害的侵扰，以免减产，乃至食之无味弃之可惜。

土层底下的去毛芋艿是农家人餐桌上的美味，可为菜，亦能饭。而土层上的芋梗则是猪的最好饲料，它与番薯叶一样，是圈猪们最可口的食粮。饥荒时期，它还是人之饱腹"供给"也！

与汉字寓言同行

　　在"中国寓言文学研究会成立三十周年"的襄阳年会上，我出乎意料地获得了一份沉甸甸的荣誉——"贡献奖"，便无端地联想到之前刊于《黄河岸》上的《"贝"的醒悟》这则汉字寓言，暗自揣度着：兴许是我以勇锐之气开发着"新产品"所给予的丰厚回报吧！顾建华教授不是对"我的相声体寓言"给出过肯定与褒奖了吗？今年我致力于汉字寓言的创作也应该有"回馈"了。即便这一猜想与事实有出入，但我坚信：汉字寓言是值得推广的一个大有作为的"新品种"。虽说我不是这项发明的专利者，然而凭着我的嗜好谈谈其创作的认识规律还算是有一定资格的。

　　顾名思义，汉字寓言就是以汉字为角色，并赋予汉字们以情感色彩，而创作出来的精短故事，或借助于讽喻手法来达成目的，或要揭示某个深刻哲理的一种倾诉表达……无不给人以神奇有趣的感觉，这与汉字本身拥有的神奇有趣的特性极为合拍协调。

　　毋庸置疑，大多数的汉字都是音形义的有机结合或完美组构的呈现，里头往往还蕴含着不同程度的情感基调，更难能可贵的是它们可以引发联想或遐思，因而总是显得活色生香有血有肉，散发出独特而又挡之不住的魅力，吸引着数以亿计的人们为之迷醉与痴狂。

汉字们就像一根根导火索，激发着我的创作热情。

研究方块字，并以这种令人弃之不舍的国粹为创作对象，加进了寓言的元素，准备在此上面去做大文章，这是我由来已久的心愿。

追溯起我创作汉字寓言的源头，真可谓是多发之地。也许是从《送"财"上门》那以谐音巧化尴尬的这个故事出现于《温州教育。学生时代（小学版）》的那一刻起；也可能是由《"宠"与"庞"》那则幽默式的笑话赫然刊登在《温州日报。校园笑哈哈》这个栏目里头的开始；也许是《三助词找序位》被"中国寓言网"发布出来的那一刻起；也可能是《一字之误变化大》由《东方少年。读书与作文》全文悉数刊发的开始；也许是从马长山先生的《汉字寓言》的征稿启事峥嵘露面在"天涯论坛"的那一刻起；也可能是几则几则地发表于《童话寓言》里那些咀之有味的"汉字寓言"在"崭露头角"的开始；也许是《"贫"、"贪"诉冤》被《卫运河》编辑部里的某位编辑以明擦秋毫的目光发现的那一刻起；也可能是《"蓝"与"篮"》、《自负之嘲》、《"鬼"也出彩》相继被《贵族民族报》刊发出来的开始；也许是《"点"的觉醒》从《思维与智慧》名刊中走出来的那一刻起；也可能是《各安其位》的汉字寓言被《优秀童话世界》发掘出来的开始；也许是《字词寓言》被《中国作家网》转载的那一刻起；也可能是陆续地"新鲜出炉"于苏里南共和国的《中华日报》里那些短小而不失特色的汉字寓言的开始……我的汉字寓言就像一朵朵飘飞的蒲公英四海为家地"扎根"于各大报纸、杂志及网站。虽然没有蔚为壮观的发展态势，却也不容小觑，足可聊以自慰啊！

如何才能创作出令人过目不忘的汉字寓言呢？首先得从研究汉字的读音或其字形结构与其涵养字义做起，之后在发现其矛盾特质的同时引发想象，编成一个耐人寻味或引人入胜的故事。最后还能归结出某种哲理性的或警示于人或启发于人的东西，那就会给人留下血肉丰满的形象了。这缘起于热爱汉字或母语，最终还可以为弘扬国粹出一份绵薄之力，何乐而不为之呢？

我觉得一则好的汉字寓言，可以帮助学生在收获知识的同时，心灵也得到洗涤，思想更臻成熟。比如，《"'饮'的诉求"》就有这样的功效。这则汉字寓言利用"饮"的两种读音及蕴有不同意思的特性，挪揄了"牲畜也要与人享有同等待遇"的诉求，让人觉得既可笑又富有教育意义。如果说《"'饮'的诉求"》是以"音"为线索创作的话，我觉得《"谧"的形象》则是以形义结合的方式演绎故事的。为了说明这一问题，请允许我将这则汉字寓言全文摘录："谧"惑然不解地对仓颉大师说："您赋予我安宁恬适静默无声的使命，为何却又要我以'言'开路呢？这不是纯粹在捉弄我吗？"

"看来，你是误会我了。"仓颉大师淡然回答，"其实，我不是要你以'言'开路，而是把话必须埋藏起来啊。否则，还用得着这器皿？"

"谧"看了一下自个儿躯体的纵向结构，终于恍然大悟：认清事物的本质绝不只看局部印迹，而要剖析其整体形象。

——是啊，"谧"对自己的形义不统一而产生了矛盾的质疑，才引发着仓颉大师的巧妙解读，从而让人们弄明白了认清事物的有效做法……要写好一则汉字寓言，倘若不对创作的汉字对象在各方面了如指掌，就势必会断章取义，破绽百出了。

让"谧"化难为易地浮出水面，这寓言显然功不可没。难怪有同事惊呼道："这游戏挺管用的，还逗人开心！"其实，这不是游戏，而是科学的探究！

当然，汉字寓言要从汉字的本身探索做起，这是不能否认的事实。不过，创作的最高境界理当取汉字的精髓抑或神韵更是我们的一大追求方向。我至今还不敢有这样的奢望，或许因阅历不足所致，或许是经验欠缺使然……

寓言像很多有待完善的事物一样，需要创新。在大家几乎普遍都以动物为创作对象的时候，我们更应该去开拓前人很少关注过的领域，这或许颇为艰难，但很有意义。毕竟汉字是地球上人口使用最多的一种文字，把这种文字做大做强，无疑会对热爱母语的一切受益者产生积极的影响！

我想：要让中国的汉字焕发出璀璨的光芒，作为一名寓言人的担当，就得独具匠心，敢于殚精竭虑绞尽脑汁地去发现；善于独辟蹊径，敢于披荆斩棘、无畏前行地去追寻。

第二辑

读书感想篇

静心而读

朱国良先生在"艺苑漫笔"这一栏目里曾经说过这么一段话："生活中的不少事物可以给我们哲思。雄峙蓝天的高楼大厦，是以一砖一瓦作为坚强基础的；宝剑寒锋横空出世，没有熔炉淬炼岂能削铁如泥；即使是一瞬辉煌即谢的昙花，也需要多少年的孕育。缩短与高山的距离，只有靠前进的脚步……所有这些，无不印证着一分辛苦、一分才的道理。"说到读书一事，何尝不是如此呢！

联系时下，市井喧嚣红尘迷朦，伴随着世事的浮躁，越来越多的读书人已不再有"三载不窥园"、"十年磨一剑"的那份执著与坚忍了。然而读书人不思与寂寞为伍不甘同诗书相亲，肯定不是一件好事；远离于墨海拒绝向实践讨教的读书人企图走捷径、抄近道、耍聪明、使手腕，也必然难以结出善果。多少事，从来急，此乃一种向上的精神状态，的确无可厚非。但是光心急不行，读书人还得要心静才宜。静心而读，思想的火花就会不时地被碰撞出来。"书从疑处翻成悟，文到穷时自有神。"对读书而言，这句话委实是至理名言真知灼见！一个读书人只有静心修炼，积极主动地从前人与名著中汲取营养，不断地刻苦磨砺自己积蓄力量，一往情深地厮守着这片供与求知的家园，不为时尚的鼓噪声而动摇心志，定然可以为自己的思想知识、智慧披荆斩棘地开辟出一条让精神奔放不羁让灵魂自由驰骋的路途，进而心泉自清地去弘扬真善美、鞭挞假恶丑。

静心而读，苦乐不计，而且意念中不潜存着丝毫的猥琐卑劣，这才是一种正确的读书法。深谙这种读书法的人不仅能为自己求得知识充实生活，还能服务于社会有利于大众，功德无量。而那种带着寻求刺激或目的不纯的心态去读书的人，势必于己于人有百害而无一益啊！

世上有许多东西都易于湮逝消亡，惟静读智慧者的文字所拓下的足迹将绵延不绝，千秋永在，这或许就是读书人欣于锲而不舍地追求的一个理由吧！

书之魅力

　　说起书之魅力，不得不使人想起这样一个典故：金朝有位国主读了"三秋桂子，十里荷花"的词章后，羡慕江南之富丽，悍然发动了侵略战争，将宋室江山搞得支离破碎不可收拾。从小处而言，我国古代许多文人甘愿皓首穷经而无怨无悔，虽说他们中间的大多数人都是为了走科举之道以列仕宦之流，憧憬书中那"黄金屋、颜如玉、千钟粟"的高档生活，然而又有谁能否认得了书有着强大魅力这一事实？

　　书有魅力，究竟潜藏于何处呢？我们可以从涉猎哲学使人思想深邃、精研数学使人逻辑严密、嗜好诗学使人联想丰富这些经验中取得印证。此外，联语中的"文能醇人何须酒，书亦香我不必花"；格言中的"一日不读书，胸臆无佳想；一月不读书，耳目失精爽"都说明了这一点。书能缩短时空的距离，让读者去结交素昧平生而又心仪已久的人物，感觉不到李煜有显赫的权位，泰戈尔有长长的胡须，却感觉得到屈原杜甫有一颗爱国忧民之心、雪莱拜伦有一种奋进不息的精神风貌……的确，不少好书能把读者带进一个崭新的世界，让其拥有广袤无极的生命绿洲，从而胸襟坦荡豁达乐观……

书之魅力除了潜藏于读者的感受里，还表现于读者的行动之上。有人为得好书而欣喜若狂，惊读那小说的离奇构思便手不释卷；醉读那诗歌的独特想象便跃跃欲试；品读那散文的写意韵味便拍案叫绝。在书山学海里享受着钻天穿地周游世界的自豪，在领略山光水色认识风土人情中找到人生的新奇……书还能给读者带来享受与实用的双重乐趣。书中之人不分年代、不分国籍，喜之为友，敬之为师。谒岳飞察其爱国之心油然而生仰慕；拜韩信可得用兵之法为自身多一些智慧而感到兴奋；收辞书而得辞砖以建语言之大厦欢悦溢于言表；揽技书而获天下之艺法营生无愁矣……与书相拥，受益良多。难怪有人曾发出这样的感喟："饥读之抵肉，寒读之当裘。"

我们不遗余力地倡导读书必须成为生命中的重要部分，就在于书对人的一生都可以产生影响。"少而好学，如日出之阳；壮而好学，如日中之光；老而好学，如秉烛之明。"从一个侧面反映了只有实践者才有资格享受到读书所带来的那份精彩与美丽。书给人以知识，妇孺皆知；书给人以新的思想，不言而喻；书给人以提供光辉的人格榜样，亦可加以佐证。读孙中山、毛泽东的一生事迹，你会切切地感受到他们广济天下苍生的博大胸襟；读包拯、海瑞这些清官的传记，你能深深地触摸到他们爱民如子的炽热情怀……书有钙质，能助人挺直脊梁；书藏正气，能教人磊落刚直；书冶性情，能促人温谦文雅……良书播惠，斯言信哉！

咀嚼遗憾

　　岳飞的诗词写得特好，他虽然是有文才的，但后人只记取他的武功。辛弃疾是有武才的，年轻时曾率一万义军反金投宋，但南宋朝廷未肯重用他，他只能"醉里挑灯看剑，梦回吹角连营"，后人也只能知其诗才罢了。世人不信有全才，这不能不说是一种遗憾。然而这遗憾留有回味余地。设若岳飞不被奸佞秦桧之流所害，屈死"风波亭"，那么他攻捣"黄龙府"后，也可捡个"文曲星"做做。假如南宋朝廷肯把兵权授予辛弃疾，说不定会是另一番光景——他可能要成为指挥百万貔貅而叱咤疆场的骁将呢。有人说："巴尔扎克作品中的查理要是早知道堂姐欧也妮拥有一大笔资产，《警世通言》里的杜十娘在赎身之前已把百宝箱交与李甲，或许她们的命运就要改写了。"若命运果真做如斯安排的话，那欧也妮和杜十娘也就无遗憾可言了，其遭遇也不值得世人掬一把同情之泪了。由此看来，世上委实有许多值得回味的东西源于遗憾！

　　当你想到维纳斯的断臂几千年来无人帮她接上时，难道还领悟不了遗憾是一种卓越之美？当你想到有情人不得成眷属的悲剧总是催人泪下时，难道还体验不了遗憾是一种痛苦之美？遗憾是一种"美"，思想深邃者理解起来毫不费力；而见识肤浅者往往很难接受这一观点。希望如此，终究并非如此，思之惟有嫌恶，哪有美感？然而它不正是"事若求全何所乐"的最佳诠释么？

其实，遗憾是人生的一种必然。人人有理想，人人也必有遗憾。朱光潜先生说过这么一句深蕴哲理且耐人寻味的话："倘若件件都尽善尽美了，自然没有希望生发，更没有努力奋斗的必要。"可见，遗憾能生发出力量。只有正视遗憾，才能产生积极的影响。人活在世上，并不是所有的播种都意味着收获，也不是所有的追求都可以结出果实，但只要奋斗过、拼搏过，即使未能叩开理想之大门，也就无愧于人生了。因为人之理想高于现实。理想不能实现，难免会留下遗憾。可这遗憾却能丰富人之情感，健全人之理智！

遗憾的出现在许多崇高者的人生悲剧里是最富有教育意义的。荆轲的利匕刺不中秦王是一种遗憾，但其"风萧萧兮易水寒，壮士一去不复返"的啸吟至今仍在鼓舞着抗击强暴的斗士赴汤蹈火在所不辞；普罗米修斯为人类盗取火种被宙斯残忍地钉在高加索的山崖也是一种遗憾，但他那惊天地泣鬼神的壮举至今依然激励着人们去擎燃起支支熊熊狂烧着的生命之火；屈原大才无匹，偏偏遇上个昏庸无道的楚怀王更是一种遗憾，但他那股爱国忧民的浩然正气至今回荡在华夏大地的上空凝而不散——当世人们用滚滚热泪对这些崇高者留下的遗憾作扼腕长叹时，展示的不正是人世间那种至真至美的情感吗？

一种结局常需有惋惜方显示出言尽意未了的回味；一个故事总要留点遗憾才有令人感动的美丽。记住吧，遗憾不止是一种美，更是一种让人进取的动力，以健康的心态去咀嚼遗憾、揣摩遗憾，你的生命因此而缤纷起来，这是崇高者以生命的奉献给我们留下的美丽启迪。

点亮心灯

　　黑夜里有了灯光的照耀，才能使你认清前行的道路；而在人生的旅途上，你只有点亮了心灯，才能明确航标，走得从容不迫！

　　要点亮心灯的最好做法莫过于多读书，读好书！

　　我们将多读书读好书的行为称之为点亮心灯，确实是很有道理的——因为优秀的书籍总是蕴藏着人类丰富的感悟，寄托着人类热切的希望，阅之品之，堪令人添知益智，明礼达理，眸为之亮，心为之欢啊！

　　把多读书读好书视之为点亮心灯，一个至为重要的原因就在于它可致人由骄狂走向谦逊，由狭隘走向广阔，由媚俗走向高雅……伟大的无产阶级文学家高尔基的成长典例足以说明这一点。他年轻时自视甚高，常向人炫耀自己的才华。一次，突发灵感，挥毫急就了一篇，得意洋洋地拿给一位大作家看，以期得到些赞许。殊不料大作家细阅后，完全否定了文章的可读性，并指点迷津，劝其多读书，此外还亲自挑了几本书送给他，嘱其反复诵读。高尔基经此一番抑挫，便听从了大作家的建议，发愤苦读，一连几个星期闭门不出，渐渐领略到文学的妙处。有了收获后，他奋力发掘自身潜质，开拓领域，最后终于成了俄国文学史上的一大巨匠。可见，点亮心灯是一种追求进步汲取力量的切实行动。

反之，一个不读书不学习的人，哪怕是顶尖级的聪明，也只能趋于平庸沦于凡俗！北宋著名政治家王安石曾写过一篇警世之作《伤仲永》，里头讲的那个神童，虽说七岁能诗，然而随其势利的父亲各处夸演，未能好好地去读些书，才华也就很快被湮灭了，结果只能成了一个流俗务利的"牺牲品"，这教训难道还不够深刻吗？智慧的火花极易在浮躁骄狂的作用下凋零泯逝！

把多读书读好书视之为点亮心灯，理由还在于它能匡正心路，升华人格！豁达洒脱的人生多为书香浸润的结果。罗曼罗兰说："和书籍生活在一起永远不会叹息。"根究起来，也无非是读书可以将他人的知识经验和智慧变为己用，助启自身由思想消极到情怀高雅。在失意时，读读"天生我才必有用"、"乘风破浪会有时"之类的敦行励志豪气勃发之语，便可让你一扫愁颜陡长精神；在迷茫时，再念念"先天下之忧而忧，后天下之乐而乐"、"生当作人杰，死亦为鬼雄"之类的精警鞭策耐人深思之句，便可让你获取一种奋然前行的动力，一股锐意进取的冲劲……想要感受生命的无限精彩无边辉煌，我们就得点亮心灯，以寂寞为伴与孤独相亲。因为寂寞能使人之意识回归自我，作最深沉最本质的反省；孤独能使人之力量凝聚成一点，无坚不摧。

点亮心灯，是精神领域里的一种超凡脱俗。为之，生命必将如礼花般大放异彩，生活必将如鲜花般芬芳四溢！

读书杂感

"人各有所好，只是清浊不同。浊者贪图享受吃喝为上，而清者迥然有别，或倾恋古玩，或嗜弄琴棋，或迷醉山水，尤为殊胜的即好读书。"这说法显然是颇有见地的！

好读书裨益自大，溯及根由乃大部分知识的获取，几乎都是通过读书这一渠道来兑现的。"知识有如人体的血液一样宝贵，人缺少了血液，身体就要衰弱；而人缺少了知识，头脑就要枯竭"、"知识能改变人的命运"等等真知灼见至理名言无不明白无误地告诉我们：读书之于人非常重要。看来，"最庸俗的人是不读书的人，最可怜的人是与书无缘的人"这一见解确属有的放矢啊！

说起读书人，载名于史册的代不乏匮，古今中外概莫能外。就政坛而言，宋濂、司马光、毛泽东、斯大林、华盛顿……哪一个不是酷爱读书者？文学界杰出人物更是多如牛毛，名单可以列出一长串，欧阳修、范仲淹、朱熹……就连一些皇帝，如刘邦、朱元璋，尽管自己识字不多，可一旦成了开国先主，坐上了金銮宝殿，治理起朝纲不也急于搜罗一批腹笥充盈的才俊为己所用吗？的确，读书人是值得敬佩的。当然，最值得敬佩的还是那些读书人中有骨气之士。"富贵不能淫，威武不能屈，贫穷不能移"，孟子的立世观点千秋称颂；"人生自古谁无死，留取丹心照汗青"，文天祥的浩然正气长凝不散……像这样的读书人是有足够的理由作轩昂之吟的！

好读书还需读好书。因为好书是至理名言或美好思想的宝藏。若能充分挖掘她利用她，就可以摒弃狂妄媚俗与虚伪浮躁的心理杂质，使人之生命的纯度得以提升。好书凝结并永无休止地演绎着精神文明的光辉。当我们身处逆境挫折不可自抑地流露出沮丧时，她会像挚友一样从不变脸地抛弃我们，始终如一地以友爱接纳；当我们心受诱惑难以自拔时，她如同一位仁慈的天使竭力地净化并维护着我们灵魂的纯洁，让行为不至于趋向卑劣猥琐；在我们年轻时，她给我们以欢娱陶冶；在我们年老时，她又会给我们以慰籍与鼓励……因此当我们在与书中各种灵魂进行亲密对话时，总能引起一种深层度的震撼。虽说她里头既无芬芳可言，也无色彩相诱，仅是黑与白的组合，但包容着博大与精深，足以让我们在目之旅中体验到愉悦、深邃与旷达。

不错，世界上最动人的皱眉要数读书深思时的刹那，世界上最自得的一刻应为读书时那会心的微笑。美哉，书之页码的减少，生命的厚度却在增加，大气而磅礴。

爱书吧，她会给我们智慧与力量！

读书之乐

有一联语云："文能醇人何须酒，书亦香我不必花"，意思是读某些文学作品会使人进入一种如痴如醉的忘我境界，可见读书对会读者而言委实是美妙无比的享受。

许多在学业上颇有建树者，刻苦攻读往往达到了废寝忘食的地步。这与其说是"苦"，倒不如说是"乐"更为确切。若非他们把求知当作人生中的一大快事，岂能这般乐此不疲？岂会有"饥读当肉寒读抵裘"之感喟？

读书之乐，首推的是它可以让足不出户者坐游名山大川。事务繁忙或囊中羞涩或行动不便者难以亲近自然风光，但一册在手，恣情翻阅而悦目赏心。并于坐看之际获畅游之乐，倏忽之间可以毕行千万里，却教迷人景观尽收于眼底，其快捷便利又怎能不以为然乎？

读书之乐能为持之以恒者匡正心路。古今中外，入书之人大多属贤德之士，其思其行皆有可学可慕之处。如钙片，能助人挺直脊梁；溢正气，能教人坦荡无畏；冶性情，能促人温谦文雅……翻书得见，或如逢良师温言训诲；或如晤益友诤言劝谏。久而久之，心垢尽涤，灵魂洁净，进而变得容光焕发。好书熏染之功不容等闲视之也。

读书之乐，还在于读的自由选择会使人获得快意。书有可浅尝辄止者，有可鲸吞蚕食者，惟少数则须咀嚼消化。由此想见，任何人都无法读完浩如烟海的书籍，大多数的书都只能在浏览中完成其使命呢。不过，也有少些书必须细细品读。所以说，读的选择便有了很大的空间。在时空上，读亦少束缚与限制，夜静固然好，白昼也无碍，室内即可，户外也无不妥也。

读书之乐更在于脍炙人口的文字能诱发你先睹为快睹之为亮心之为欢；抑或蕴藏在脍炙人口的文字背后有着令你着迷的魔力，使你欲罢不能，进而浮想联翩；抑或咀嚼间如含橄榄，余味绵绵……读书之乐源于你能感受到油然而生的纷至沓来的精彩！

读书之乐，能使学以致用不成虚妄之言。读书，自然只有身临其境者才能体察其间的妙处，有所收益。拜读孙子、韩信可得用兵布阵之法；搜罗辞书可得辞砖以建语言之大厦；览阅技书可得学会能工巧匠之制作步骤……读书之乐总是在践行中得以产生的！

云卷云舒般的淡定从容，花开花落般的泰然自在是造就读书之乐的不二法门。可见，想获得读书之乐，关键在于拥有宁静致远的氛围啊！所以说，读书之乐，尽管难以尽括，但最重要的一点就是它与懒于思考、害怕思考者无缘。不错，当我们展卷细读之时，若不伴以思忖或品味，其效果势必会大打折扣。基于此，只有积极地主动地深入思考，我们则会为认识真理而高兴，则会为解决疑难而激动。思中犯疑，缘疑求释，这便是读书之所以能获得快乐的原由所系！

弥补缺陷

有人将动物身上的某部位与人体的某部位一一比较，认为马尾巴既能遮羞又可以驱赶蚊蝇，而人无尾巴，屁股只有挨打的份，想撵走"嗡嗡之物"，不得不拿起扇子来；大象的鼻子不但能搬动重物，还可以凭之洗澡，而人的鼻子除了呼吸就是患鼻炎，且为打架的首选部位，至于洗澡，脊背后边的那一块无论如何要请人代劳了。鱼有鳍，可以用鳃呼吸不愁水淹；鸟有翅，能够御风而行自由自在。而人既无鳍也无翅，落水恐溺凌空难举……由此得出一个结论：大自然赋予动物的生存能力委实不弱于人类！尽管如此，人类依然没有悲观的理由，那就是造物主在赋予人类一切缺陷的同时，也让人类获得创造与写作的本能；还让人类拥有足以寄予希望的后代去推动历史的进步，而别的生物都不具备这样的条件。只要把人与动物间的进化过程作一比较，你就会发现遥遥领先的永远是人类。

据说我国古代的四大美女皆有缺陷，可她们能依附于外物精心化妆、化丑为靓，善加掩饰浮出亮点，因而于世人心目中的形象总是那样光彩动人魅力四射。这典例分明告诉我们：缺陷是可以弥补的！台湾女作家简媜说得好："箪食瓢饮不美，美的是居陋室不改其乐的人；竹篁短篱不美，美的是悠然采菊东篱下的人。"对生活过于苛求者，必然会觉得人生是由一连串的遗憾组成的，而胸襟豁达者随时都有可能发现生活之美——半杯水在他们的眼里绝不会是一个酸溜溜的概念。凡人多缺陷，随之滋生出许多烦恼来。倘欲除之，最有效的办法莫过于阅世时有一种宽容的心态，有一份真挚的情怀。

"事若求全何所乐"。夫妻两地相隔彼此惦记该是一种缺陷美吧。但古人的词句："两情若是长久时，又岂在朝朝暮暮？"遂把相思之美凸显出来，这境界是何等的高尚。北宋文学家苏轼在中秋之夜怀念起兄弟，立时写下了《水调歌头》："人有悲欢离合，月有阴晴圆缺，此事古难全。但愿人长久，千里共婵娟。"这词句之所以脍炙人口引人共鸣，就在于作者特意缩短了空间距离，让皎皎月色溶解掉离别的忧伤，以人性之美弥补了生活的缺陷。这种对待事物真挚而又宽容的态度永远是做人的需要！

容颜上的缺陷可以假手于化妆品或饰物来弥补；而人性上的缺陷则需好心态或书卷气去改变！

书犹药也

　　"书犹药也"说得极为有理。药有好坏之分功效迥然，一类专可疗伤治病，有利于染恙之人恢复健康；而另一类却会损毁于人，为患不浅！书亦如此。一本好书犹如一贴良药，"吃"下以后，身心舒坦。比如品读《钢铁是怎样炼成的》，它会让我们明白人为什么活着，进而善待生命；咀嚼《谁是最可爱的人》，它会使我们的灵魂得以净化，道德趋于高尚……而读了一本坏书就像喝了一剂糖衣毒药，不知不觉间使肌体萎缩精神颓丧。

　　最能证明"书犹药也"的典例，莫过于并非故弄玄虚而捣鼓出来的"屈赋能治头痛，苏词能消郁症，杜诗能除疟疾，元曲能解心病"这些奇闻真传了。"书犹药也"，绝不仅限于它的御疾祛病。不错，蕴含着人类智慧的书籍还另有奇异功能。好书是一种钙片，化入心湖后既能溶掉思想上的虚浮，也可蚀却精神上的脆弱，使人的头脑变得分外清醒分外理智，不妄自尊大也不妄自菲薄。有了相隔距离的缺憾，便想到了"但愿人长久，千里共婵娟"；有了"箪食瓢饮"的简陋，便想到了"采菊东篱下，悠然见南山"……在生命进程中不再苦苦地挽留夕阳，也不再久久地感伤春光，欣然放弃对权力的角逐，甘于舍却对金钱的的贪欲，也乐于抛弃对虚名的争夺，学会正视现实处乱不惊，保持一份冷静守住一种洒脱。总而言之，书有修身养性的功能是假不了的，它比药更具威力。

尽管孔子认为知书是为了达礼，然而无须否认的是在过去乃至今天的为数不少的中国人的观念里，读书总归是为了做官发财得到人生享受，因而"书中自有黄金屋，书中自有颜如玉"，历来是人们劝谕孺子读书的最好警言。把功利目的与读书结合一处，好书被篡改、历史被戏说不就是极好的印证吗？世上将好书读坏的人委实屡见不鲜，一个最关键的原因就是他们无法摆脱名缰利索的诱惑。逛逛地摊，发现许多淫秽刊物的出笼都与一些识文断字的人蜕变有直接联系，能不感到心惊吗？坏书如同有毒的罂粟之花，哪怕它们开得再艳丽悦目，也只有浊化社会风气的份儿。接触它们，对思想未臻成熟的少年儿童来说，不啻是一支从阴暗角落里射出来的毒箭，令人猝不及防，理当引起高度警惕。

崇尚友善

　　在诸多处世良箴中，"和为贵""宽以待人"之类的话委实值得人们玩味与深思，因为其语理智地道出了友善之于人的重要！

　　历览沧桑人世，不以为崇尚友善之必要者恐怕不会太多吧？不错，友善在沟通人与人之间的心灵联结人与人之间的情感确实起着桥梁纽带的作用。增强团结、孕育和睦，哪能离得开充满温馨气息的友善呢？友善是一缕风，迎面扑来的总是怡人的爽气啊！

　　据说，有位禅师寒夜里弓背给一个违反寺规最后只能翻墙而入的小和尚提供了方便，结果使其彻底改掉了偷偷外出的毛病，从而让我们感受到温情比冷酷更有力量，体会到友善何其伟大啊！

　　有人说："凭借友善可以化干戈为玉帛，倚仗友善能够解仇怨为亲情。"一语中的颇有见地！这使我不禁想起了一个故事：

　　战国时，魏楚的交界处有两个属于不同国度的村子，田地相连，人互往来，民皆以种瓜为业卖瓜营生。

　　虽说同是种瓜的，然而两地的百姓勤懒不一。属魏管辖的村民不但经常挑水浇瓜，还适时地施肥除草，瓜长得自然是水分多、味道甜，特别好吃；而楚地的村民都较懒惰，天旱了也不去浇灌一下，因而种出来的瓜个儿小，味道有些苦涩。

楚县令吃了这两种截然有别的瓜后，很生气，径直找本土的村民狠斥一顿。楚地村民不仅不作反思，为了泄愤，有几个愣头愣脑的小伙子竟趁夜闯进魏民瓜地，将藤蔓全翻了过来，并乱践乱踩了一阵子，使长势喜人的瓜儿遭了殃。

翌日，魏域之民从现场找寻线索，发现瓜地留下的脚印一直延伸到楚之辖区，便推断此乃楚域之民所为，个个义愤填膺，就请县令宋就批准他们实施报复计划！

宋就听了，忙加劝阻，先向他们讲明了"冤家宜解不宜结"的道理，之后给辖民出了个主意，要他们暗地里帮楚域之民浇瓜。宽宏大量的楚域辖民听从了宋就的安排，也让楚民瓜地里长出甜美的瓜。

后来果然不出宋就所料，楚域县令讶然一阵后，遂命仆役暗中查访，并将魏民以德报怨的稀罕事禀报楚国君王。楚王有愧于心，便吩咐下属官吏不遗余力地查出到魏人瓜地使坏者量刑治罪。同时派遣使者带着一份丰厚的礼物去拜见魏王，表示歉意！

从此两国融洽相处。多些友善，少些纠葛纷争，这不仅不会使自己尊严受损，相反地更让人敬重。友善能使人的精神境界得以升华！

把友善挂在嘴上，你会赢得对方的谅解；把友善放在心里，你会得到对方的祝福；把友善贯穿于实际行动，你会博取由衷的感激……不吝友善，会让你感觉到自己的道路是越走越宽，这个世界精彩无限！

友善维护着人之尊严；友善维系着国之安宁……

鱼儿对江河的依恋是崇尚友善，崇尚友善使鱼儿活得格外惬意；太阳对大地的抚慰是崇尚友善，崇尚友善使太阳变得愈发明丽；蔺相如对廉颇的让步是崇尚友善，崇尚友善使蔺相如千古流芳……崇尚友善是双赢，崇尚友善是互利，崇尚友善快乐了他人也装饰了自己！

若无宽厚之胸襟，良好之素养，就不可能给人以友善。以狭隘之心偏颇之见对待他人，换来的只是剑拔弩张；而给人以友善者，能化乖戾为祥和！甘愿不带丝毫虚伪地亏己益人，必能结出善果。不错，友善拒绝那种当面恭维、背后拆台的把戏，更拒绝那种笑里藏刀、口蜜腹剑的阴毒。它寻求的是以德报怨的豁达大度，宅心仁厚的宽容谦和良言暖冬的关切爱护……友善会使人感受到世界的和谐与美丽。崇尚友善，其实就是用爱之鲜花装扮着世界！

在价值取向与道德观念发生嬗变的今天，渴望友善乃大家共同的心声！人们渴望友善，那是因为友善能给我们所处的环境带来明媚的阳光，带来欢悦的笑声。人际间崇尚友善，那是因为友善是一缕春风，能消除生命里的烦躁；友善是一泓清泉，能润泽情感的裂隙！

治学四诀

　　总结前人治学的经验，愚以为不可忘却四诀。何谓四诀？即勤、静、动、活也！

　　人皆有惰性，而惰乃治学之大敌。其虽能给人以松懈之感，但会招惹后患——治学不成！可勤之于人则迥然有别，它能使人博学广识，腹笥充盈，因而有了"治学须勤"之说。治学须勤，不仅在于它可出成果，也可收获智慧。德国伟大诗人歌德，先后花了58年的时间与精力，搜集了大量的材料，写出了对后世产生巨大影响的诗剧《浮士德》；我国著名数学家陈景润，在攀登数学高峰的道路上，翻阅了国内外上千本有关资料，通宵达旦地看书学习，终于取得了震惊世界的成就……诸多例子无不印证了勤出成果这一事实。勤奋还是点燃智慧的火把。宋朝时，福州有个叫陈正之的人，一篇文章要一二百遍才能读熟，可他不气馁，不懈不怠，天长日久，知识与日俱增，最终成了令人景仰的博学之士。实践证明，对于那些天资不够聪明，甚至是愚钝不堪者，只要他肯付出锲而不舍持之以恒的努力，就有可能获得水滴石穿、绳锯木断的长进。

由此可见，勤奋确实是治学的一大法宝。

治学须静，亦是不难理解。一个人思想火花的迸溅，多出于寂寞之际宁静之中；而浮躁的心境是永远难以实现让智慧之苗破土而出的。历史学家范文澜说过"板凳要坐十年冷"，就是这个道理。林语堂的见解倍显精彩："善读书者，无之而非书。山水亦书也，棋琴亦书也，花月亦书也。善游山水者，无之而非山水。书史亦山水也，诗酒亦山水也，花月亦山水也。"治学若能臻此物我两忘之化境，成果岂有不丰硕之理？在英国伦敦的图书馆里留下了一个抹不掉的深深足痕，谁都知道它是《资本论》的作者马克思以静治学、心无旁骛所带来的奇迹与见证。的确，古今中外凡治学卓有成效者，都是断然离不开在"静"字上的苦苦修炼啊！"十年磨一剑"，其剑必神器也！

治学须动，更毋庸置疑，"实践出真知"嘛。一个人要撷取智慧的浪花，就得拾书海之贝游生活之海。古人在谈治学之道时，倡导"读万卷书，作万里行"并非是毫无依据的。只有读万卷书，才能掌握广博深厚的知识也只有作万里行，才能从亲身实践中获得真知灼见。有关这方面的范例俯拾即得。我国历史巨著《史记》的作者司马迁，从20岁起就开始漫游了，其足迹遍及黄河长江流域，搜集了大量的社会素材与历史素材，为《史记》的创作奠定了扎实的基础。徐弘祖不也是在游历过大半个中国名山大川之后，才写下了传世之作《徐霞客游记》的吗？至于具有科学与文学艺术价值的巨著《梦溪笔谈》的问世，更是沈括遍游名山实地勘探的结果。治学须动，关键在于动则广博其见识，丰富其阅历，因而使成果也随之容量多而富有深度。

治学须活，不仅仅在于写文章即便是同类题材也能有不同的写法，或晓之以理，或动之以情……尽可凭自己的喜好而定。至于把厚书读薄、把薄书读厚更不在话下了。治学须活，更重要的则是不妄古、不泥古，敢于质疑，敢于向传统与权威挑战。基于此，何琼崖的阐释可供参考："学者、专家、教授、名流的著作与讲话，都可以怀疑、推敲、研究，不能迷信。对的听，照其说的写的去做；不对的，明显错误的，不听，且需加以批评批判、消毒……"不错，超越与突破都应该是建立在一种新思想新见解新发现的基座之上的。

总而言之，治学须注意一勤二静三动四活。能做到治学之四诀，必将出成果，必将出智慧。所不同者，成果与智慧有大小重轻之别耳。由于各人的素质不同修养不同际遇不同，还有治学的方法不同、习惯不同、途径不同，实在也不可能求其成果一律智慧相等。但有一点必须承认的是那就是勤治学可延寿。治学出传世之作的，像屈原、孔子、李白、杜甫、关汉卿、蒲松龄……他们不都是长生不朽者么？

书香与铜臭

　　"古人藏书辟蠹用芸草。"沈括在《梦溪笔谈》里已有提及。意喻将香草放置于书中，其目的除了防虫蛀外，更可以给书添留一缕沁人心脾的幽香呢，这便是"书香"之来由也。后人藉此加以引申，谓读书人有"书香气"。"铜臭"之说典出《后汉书》，内载崔烈位居九卿仍未知足，在汉灵帝以卖官填补国库时，凭着五百万钱买得司徒一职，得享三公之尊。一次，他问其子："外人有何议论？"其子答曰："人人都嫌你有铜臭味。"之后，人们遂以"铜臭"一词专嘲那些俗陋贪财之辈矣。

　　在人们的潜意识里，闻书香而眉舒，闻铜臭而眉蹙，似乎"书香"与"铜臭"永远是两码事，互不挂钩，风牛马不相及。其实不然，"书香"与"铜臭"之间的确存在着某些联系。不错，凡"铜臭味"汹汹者，其"书香气"总是淡薄之极，"权能致人昏，钱能致人愚"，君不闻一些贪官污吏锒铛入狱身陷囹圄后，在追溯自己犯罪根源时，往往要忏悔不已，把平时不读书学习当作一个至关重要的原因，由此足见"书香"与"铜臭"是大有牵扯的。一个人若一味钻入钱眼无法自拔，就难免浑身散发出"市侩气"、"铜臭味"。一个淡漠读书抛却学习的人，所欠缺的必是正气，所盈余的自是俗气！联系时下世风浮躁，拜金主义者唯钱是从、有利是图，压根儿忘了读书学习掌握知识，脑袋空乏胸无点墨，不懂礼义寡廉鲜耻，难怪世纪老人张中行发出了这样的喟叹："现在的人只追钱不追知识，这可以说是民族的悲剧！"

如何才能遏制这个悲剧继续演下去呢？窃以为提高全民素质是关键。全民素质要提高，必然要大力构筑书香。为构筑书香，大家理应与好书作伴，不断地用知识武装头脑：做人一旦参透了从呱呱坠地直至消亡无非短短几十年，房有千间夜宿三尺，粮有万担日食三餐这个浅显的道理，就不会被物欲所蛊惑所奴役，就不会去追求不应该得到的财物。如此一来，必会自觉主动地去驱除"铜臭"的侵蚀，心明眼亮，真正认清支撑民族大厦、挺直中国脊梁仰仗的是什么，进而殚精竭虑、不遗余力地提高自己的文化知识与道德素养。现在全国都在开展道德规范建设，构筑书香不仅重要，而且显得尤为迫切。民族大厦要靠文化素养与道德良知来支撑。

"书香"浓稠了，"铜臭"易于消逝！

文字的力量

  论及文字的力量，佐证之材料俯拾即有。世传杜诗能治病，口碑不止，为此南宋胡仔在《苕溪渔隐》中说出了自己的看法："盖其辞意典雅，读之者悦然，不觉沉疴之去体也。"它分明告诉我们："文字具有调节情感之功能。"其实，文字的力量远不止此。《韩诗外传》里记载着一个故事：春秋时期，鲁国有个叫闵子骞的人去拜孔子为师。开始，他的脸色干枯，过了一段时间后，居然变得红润起来。孔子注意到这一变化，觉得奇怪，便问起原因。闵子骞坦陈道："我以前看到达官贵人坐在华丽的车上，前后龙旗飘舞，我自惭形秽，心境失衡，因此寝食不安，脸色欠佳。如今，我受老师的教化，懂得修身、齐家、治国，首先要把自己管理好，故而心情平和，气血一旺，神色朗然也！"闵子骞的这一回答恰恰证实了读书能使人趋利避害这一道理。据说，美国诗人郎费罗的一首《人生颂》曾阻止过一位遇挫折而心灰意冷的青年自寻短见。文字竟可救人，由此可见一斑！

  世上之物有其利也必有其弊，文字亦不例外。歌德的《少年维特的烦恼》竟惹出许多年轻人仿效书中主人公而自杀。其艺术力量虽然撼人心魄，但美中不足的是它已导致悲剧的上演！传说 12 世纪 60 年代，当时的金国皇帝完颜亮读了北宋词人柳永的一首《望海潮》，反复咀嚼着其中的佳句："三秋桂子，十里荷花"，对南方之富丽怦然心动顿起杀机，便悍然发起了一次侵略战争，把宋室江山搞得支离破碎不可收拾。因一首词而引发一场空前的灾难，足见文字有其大得令人慑服的力量！

不管人们是怎样看待文字的力量，但有一个不争的事实，那就是中华民族之所以能成为至今屹立不倒的一个最古老的民族，汉字确实起了不可磨灭的作用。在中国历史上，自秦始皇统一中原统一文字后，尽管经历过多次大分裂时代，并且各地方言千差万别，风俗习惯也迥然不同，然而神奇的方块字如同一条无形的绳索，把不同区域之人串在一起，使每一个炎黄子孙都为之产生出一种强大的向心力。难怪有人断言："中外历史上许多落后民族的灭绝，就是因为它们没有文字！"

文字的力量，从小处讲，它能治病改造人；从大处讲，它能毁掉一个国家或一个民族，所以我们都不可忽视！

最近比较烦

　　贾亦凡写的《最近比较烦》一文中，列举了许多事实，明白无误地指出：当今的中小学语文实在让他困惑不已。读小学的女儿拿着模拟试卷来问他："春风是轻轻的，还是青青的？"他引经据典，断言取后者比前者更佳，殊不料结果害他的女儿被扣了五分，还罚抄一百遍。遭此一劫，他在女儿心目中的威信岂有不打折扣之理？失去父道尊严之后，紧接着的是邻家小儿前来叩门求助，解释美丽一词，他不假思索的以"漂亮"答之，由于其言与标准题解"好看"不一致，导致邻家小儿的"双百分"化为泡影，惹得邻居事后看他的眼神总是那么奇怪。之后，他经不住老同学的软磨硬缠，为其主编的一本作文杂志挖空心思的写稿。正当颇为自得之际，却从编辑部转来一封中学生的信，臭骂他误人子弟。想到自己从小到大历经无数考试，每次最好的准是语文，兼因平日惯于舞文弄墨，如今连遭波折，假若再考一回中学语文试卷，定然"铩羽而归"，不免顾影自怜，黯然神伤。及至阅报得悉赫赫有名的前文化部长、堂堂大作家王蒙曾经做过几次中学语文标准化试卷，成绩皆不理想，其中最好的一次也只有 60 分而已，这才猛然省悟——现在的中小学语文亟需改革！

无独有偶，《自考》一文也触及到这一严肃的话题。戴着一顶"省作协会员"桂冠的牧林铨为了更新知识，跟上时代潮流，也自信满满地步入了专科升本科的自考轨道，原以为一路上准能轻松过关，谁知于半途中就失利了，拿个"本科"文凭尚需补考理。

语文教学改革尤为迫切，因为任何学科的知识都与语文知识有关。传统的教学模式很不适应于目前新兴的素质教育，故而语文教学改革的先行是颇为必要的。朱华贤在《被抽筋剥皮的文学》中淋漓尽致地描述了传统的语文教学里的种种滑稽表现，说明了本该生动形象充满灵气洋溢激情、有血有肉、流光溢彩的文学却被残酷无情的剥出几块零碎皮毛，抽出几根冰冷瘦筋，令人哭笑不得！教师可以不管作品是如何表现主题地，也可以不管字里行间蕴含着作者的那种独特情感与睿智……等等。总之，考不到的一律抛开；有实用而且见效快的丝毫不敢疏忽。为此，作者气愤地说："文字，一种鲜活而灵动的特殊生命，在应试教育的屠刀下，就这样丝毫不手软地被戕害了。""这何止是文学的悲哀、教育的悲哀。"

语文教学改革，真是一个迫不及待且烦人的话题！

文学染上病

　　文学创作中，最让人津津乐道的莫过于出奇制胜的妙笔了。此外，怪诞不经的败笔也有可能成为世人的谈资。败笔是孕育病残文学的畸胎，就像电影《顽主》里的一个镜头：天桥上，头戴瓜皮帽的老财主和身穿三点式的时尚女郎摩肩接踵，衣着绿军装的红卫兵和西装革履的新兴款爷麇集一台，让人感到混乱荒唐、滑稽可笑……

　　写诗作文除了要有很强的驾驭文字能力外，还需要精妙的构思，不可苟且随意。但现实生活中乐于去"创作"令人费解难懂的"文学作品"的却大有人在。联系时下，歌坛上病残歌词举不胜举、层出不穷，你方演罢我登场，以乱取利，不由得你不眼晕头痛！不是吗？《康熙大帝》主题歌《千古一爱》中的两句男女对唱："你是那么咄咄，你是那么乖乖"，竟让素有"文韬武略"之称的一代君王就此变成了一个尽输文采的语言矮子，岂不有悖事实？再如《错爱》一歌所唱的"也许离开你是我最后最伤最痛的结束"与《喜乐年华》中的那句"真真情情爱不够"等等不知所云的话，都是那些胆量大过能力的词作者对母语的肆意践踏和粗暴蹂躏，严重地亵渎与玷污了汉语言的圣洁！听了这些词意连雷达都难探测的歌词，你能不为当今文化业内的浊俗鄙陋而作"狮子吼"，抑或不自禁地要发出一声长长的叹息？母语何辜？汉文字何辜？面目可憎的病残文学之所以能顽强地生根发芽，成为创作圈子里一道"奇特的风景线"，难道这与文化业内迄今为止尚未研制出一种强效的"除草剂"完全没有关系吗？

记得有人曾经这样说"创作的一个真理是，首先要有把意思说明白的能力，然后才谈得上把意思说好，说得富有艺术魅力！"真是一语中的，颇有见地。毋庸讳言，要想在纷乱竞争的媒体市场中保住一方足以滋养着健康文学的水土，无疑仰仗于创作者有一种永远泯灭不了的道德良知和高度的社会责任感！

与高尚为伍

　　无论是书，抑或是人，都该择其最佳者为友。否则，很容易与高尚擦肩而过，进而徒唤痛惜。可见，与高尚为伍，应该是人生必须努力追求的一大目标！

　　一本好书，若能成为挚友，影响无疑是积极的，理由是任何朋友都不可能比得上书本更为耐人寻味且令人愉悦。视好书为友，获益必多。当我们身处逆境不自抑地流露出沮丧时，好书总是不会变脸地抛弃我们，始终如一地以友爱接纳；当我们心受诱惑难以自拔时，好书就会如同一位仁慈的天使在竭力地净化并卫护着我们灵魂的纯洁，让我们的行为不至于趋向卑劣猥琐。在我们年轻时，她会给我们以欢娱与陶冶；在我们年迈时，她又会给我们以慰藉与鼓励……总而言之，只要我们虔诚地与她晤对契谈，彼此的思想就能很快地水乳交融，一切的不幸与烦恼也随之烟消云散，我们的眼前就不再有阴霾与迷雾，而是开阔、明亮。

　　有人说过，庙宇会坍塌，雕像会朽败，而优秀的书籍能经久长存。是啊，优秀的书籍之所以生生不息，关键就在于她是人类劳作最为久远的经验成果，往往是作者毕其功于一役的人生结晶，里面含蕴着求索的历程与业绩。人之一生的世界大多为思想的世界，故而最优秀的书籍也就是至理名言和辉煌思想的矿藏。要发掘这些"矿藏"，我们就得虚心地去聆听其见解非凡的论述，用心地体察其超前不滞的倾诉，与之灵犀相通、悲喜与共，变书写者的人生体验为自身的人生体验。如此一来，在引发共鸣的基础上，我们就能强烈地感受到自己是在作者描绘的人生舞台上，与之同台演出了。我们确信，伟大而美好的思想在这个世界上是永不会消亡的。载之于书籍，书籍就成了活着的声音。当这些活着的声音在书页中鲜明有力地展现时，我们的目旅睇视就有了最理想的演绎——自觉地摈弃掉狂妄、媚俗与虚伪的成份，变得真诚、温谦与豁达了。

腹有诗书气自华，与优秀的书籍结缘，生命就有可能提升到令人仰视的高度，我们的生活也将变得精彩无限！

实力与机遇

　　任何时期都会有发牢骚之人。虽说他们各有各的原因，然而最堂皇冠冕的莫过于"怀才不遇"的说法了。说起"怀才不遇"而发牢骚，我觉得让他们认清实力与机遇之间的联系是非常必要的。

　　机遇不是命运，但它可以改变命运的走向。《庄子》里收录这样一则寓言：有位商人出资百金从宋国人手里买下了一种防治皮肤冻伤的秘方，献给吴王。吴王大喜之下，遂即颁令军队向越国军队发起进攻。时值严冬，吴军将士由于事先使用过该药，在水战时没有患冻疮，个个显得生龙活虎，很快就打败了越国军队。这个商人为此得到了一大笔的赏赐，最后竟可富敌王侯。然而持这一秘方的家族依然只能给别人洗布为生。就此而论，机遇只是跟精明者为伍，而安于现状惟求循规蹈矩的人是无法获得命运之神的青睐。善于抓住机遇的人才能取得事业的成功。机遇在改变一个人的命运走向时竟有如此大的作用，委实不容忽视！

　　机遇不是每个人都可以把握好的，有时竟会出现这类情况：有人缺乏耐性而让它从眼前流逝; 而也有人并不刻意追求，它却破门而入。不过，这种意外的成功必然有赖于实力的支撑。德国化学家维勒在 1828 年就曾注意到墨西哥的一种铅矿，认为其中可能有新元素。可他没有深入研究下去便忙于干别的事情了。三年之后，瑞典化学家塞夫斯从中发现了新元素钒。就这样，维勒与成功失之交臂，即便后来想到弥补也无济于事了。设若他当时继续研究下去，荣誉就非他莫属了。然而由于他一时不能再坚持，竟让离他一步之遥的新元素钒飞入别人的怀抱，能不令人扼腕叹息呀。其实，机遇对于每一个人都是公平的，贵在你如何去把握。即使有实力者，如果没有锲而不舍的耐力，机遇还是会自己逃遁的。难怪古人谆谆告诫曰："时机一失应难再，时乎时乎不我待！"

上述两例都说明事业的成功离不开机遇；而有实力没机遇的却只能换来遗憾不已。那么，实力与机遇两者之间究竟孰轻孰重呢？显然是实力更重要。人生在大多时候，没有机遇不要紧，而没有实力却断然不可。没有实力，姜子牙哪敢在渭水之滨无饵直钩离水三尺而呼"愿者上钩"？没有实力，唐寅怎会坦荡而言："闲来写取丹青卖，不使人间造孽钱"？没有实力，司马迁焉能写成煌煌巨著《史记》？没有实力，《红楼梦》又何以从曹雪芹的笔底下兀然"诞生"呀……

有机遇而无实力却能平步青云者或许有之，然而他们都只能成为过眼烟云瞬息即逝。而有实力无机遇者则不同，虽然他们有可能生前无利禄之享，可其才华必然为后世所传诵。最美的事情就是实力与机遇的完美结合，它会使怀才不遇者失去市场。而怀才不遇者如辛弃疾、陆游、岳飞、于谦、唐寅、曹雪芹……他们不是更受后人的推崇吗？可见这个世界并没有遗忘这些人。问题是有些怀才不遇者太自以为是，高估了自己，牛不知角弯，马不知脸长！基于此，我想，因怀才不遇而牢骚满腹者，其修为境界大多是尚欠火候的。如果他们能做到多一些豁达，少一些计较，也许就会感受到这个世界并没有亏待他们，只不过是在处理时间问题上的迟早而已！

道德与文章

　　许是好文章能传流千古吧，因此我国的历代文人大都备受尊崇，名载史册的也屡见不鲜。但若将道德的力量与之作一比较，孰轻孰重不言而明。"百行德为首"，委实不是一句空话。不信，且听听宋朝秦桧之后人站在岳飞墓前凭吊时发出的肺腑之言："人于宋后羞名桧，我到坟前愧姓秦。"相距五百年之久，后人居然为自己姓秦感到惭愧，由此可见世人又是如何深恶痛绝那位卖国求荣的奸相了。其实，道德败坏的秦桧写出的文章亦有可取之处——藻饰华美、赏心悦目，在当时也编过书的。明代的大僚巨恶严嵩，据说文词清雅可赏，但他一生干过许许多多的坏事，所以他的《铃山堂集》是无论如何都难以挤入书香之列，获得青睐的。人一遗臭万年，其作也必遭株连，被打入冷宫，这便是世人重道德轻文章的最好见证！

　　最值得称道的自然是人品与文章皆佳的了。道德一旦被依附于文章被阐释或被演绎，即人品与文字的有机融合，其结果必然是道德不朽、文章千古。屈原忧国爱民，一部《离骚》把自己的无悔求索与斑斑血泪淋漓尽致地抒写出来；杜甫贫得屋顶漏雨而犹然不忘天下大批寒士，《茅屋为秋风所破歌》至今撼人心魄传唱不已；韩愈傲骨昂颅、刚直不阿，文起八代之衰，单凭那一篇《谏迎佛骨表》就足以支撑起《昌黎之集》了……自古至今，一一数来，书香阵阵。这阵阵浓郁得回气荡肠的书香皆出自于瓣瓣张舒的心香啊！

酝酿书香构筑书香，需要有一种社会责任与道德良知。避开社会责任、脱离道德良知约束的写手易于求功心切，抛出来的庸俗不堪的文字只能迎合极少数低级趣味之人。垃圾是滋生细菌的温床，坏书也有自己的销售市场。时下有些道德沦丧的写手缘于自私贪欲的膨胀干出些为正直者所不屑的勾当，他们在太阳底下显然是不堪一击的。现今法治的势头不弱，这对弥补文化市场在德治方面留下的缺憾无疑是大有裨益的。

文有章法，道有其轨，两者合拍，功不可没。对写文章的人，向来有一种最传统最直接的说法是"文如其人"。以文观人名实对照固然有其道理，然而并不是所有懂得文有章法之人都属于行道轨德途者。这就难怪世人要钟爱于有道德之人的文章了，因为只有在这种人的作品里头，最能捕捉到永远泯灭不了的道德良知！

善小亦为之

对一些哪怕只是微不足道的善事也乐而为之，就有可能获得改变一生命运的机遇，说来有些玄乎，实则证例不绝。难怪三国时期的蜀主刘备曾语重心长地告诫儿子："勿以善小而不为，勿以恶小而为之。"

"勿以善小而不为，勿以恶小而为之"这的确是一句至理名言。也许你听过这样一个故事——《一根针改变了他的命运》。里头讲的是一位在法国银行界举足轻重的人物恰科，他年轻时苦苦寻找工作，一直没有结果。最后一次的经历竟然会是他人生的转折点。那一天，恰科自告奋勇地进一银行求职，希望被雇用。不料与董事长一晤谈，便遭到了拒绝。当恰科怅然若失地走出银行时，蓦地看到大门前的地面上躺卧着一根大头针。他俯下身子将它捡了起来，以免它伤人。第二天，银行录用恰科的通知书来了。原来就在恰科蹲下身子捡针时，刚好被董事长看在眼里，他认为像恰科这般精细处世且又关心他人者，很难得，很适合当银行职员，所以改变了主意，要雇用他。恰科的成功虽然不乏侥幸的因素，但事实上却是一种必然的结果。理由呢？设若恰科缺乏这种训练有素的视善小亦为之的品行，也就别指望能跻身银行界了，更别指望能平步青云了。一个道德高尚的人，我们有什么理由不让其得到善报呢？我们又有什么理由不让其获得尊崇呢？

无独有偶，另一位善小而为之者的美丽遭遇也同样耐人寻味。事情是这样的：南方一家幼儿园要招聘园长。许是待遇过高，颇有诱惑力，参与角逐者竟然如云团般涌来。在最后一轮面试时，园方特意让一个哭得极度伤心的满脸脏兮兮的男孩处于众多应聘者的眼皮底下，以试探他们究竟作何反馈。赴试时，出人意料的是只有一个叫雯雯的年轻姑娘从小男孩身边经过时，停下步子掏出手帕俯身给他抹眼泪擦鼻涕，还温言柔语地抚慰几句，而其他应聘者都只是无动于衷地匆匆而过。面试出来了，应聘者们都视若无睹地扬长而去；惟独雯雯抱起了那个男孩哄着他，认真地给他讲故事，投入地给他唱歌。招聘的结果是雯雯当上了园长。滴水藏海，我们不难发现：任何一位视善小而为之的实践者，带给这个世界的总是非常美好的东西，譬如爱心，譬如真情，譬如阳光，譬如欢笑……一切都让人感到振奋，一切都让人感到血脉喷张、心潮澎湃！

一个视善小而为之的人，是平凡的，更是伟大的。当旁人有困难有挫折抑或有不幸时，就不吝伸出援助之手，抑或不吝馈赠种种鼓励，这对受惠者而言，无疑会引发心灵上的震撼！于是那由无数堆积起来的"平凡"也就发生了质变，耸然隆起，成为一种引人注目的"伟大"的高度。不是吗？雷锋，一个貌不惊人者，名字却响彻全球，他所做的每一件事几乎都与"轰轰烈烈""惊天动地"之类的词扯不上关系，然而又有谁会否认他的高尚呢？又有谁不说他是千千万万青少年的楷模呢？尽管他的生命如流星般一闪而过短暂无比，可其光辉的形象则永远活在世人之心里！

"勿以善小而不为"，它催生的不只是我们内心深处的一种希望或期待，更有生活故事里的一幕幕精彩！

有为的代价

古人读书，不惜千辛万苦者比比皆是，且脍炙人口。

西汉匡衡幼时好学，然而家境贫寒无钱买烛，竟以"凿壁偷光"成为千古美谈。尔后，他专找藏书最多的人家去干活，不计报酬，只求"得主人之书尽读之"，因此而成就了自己的崇高地位；东汉时期的王充无力购书，就背上干粮到一家书铺"走读"，终于通晓了诸子百家的著作，为日后撰写名著《论衡》打下了扎实的基础。宋代文学家司马光一生坚持不懈地勤奋学习，时常忘记饥渴暑寒。他之住所，除书籍外，仅设简单的卧具：一张木板床，一条粗布被子和一个圆木枕头。读到困倦之际，略一翻身，圆枕自滚，头便跌落在床板上，惊醒后遂又苦读不辍。警枕苦读使他扩大了知识面，提高了认识水平，为著书立说创造了有利的条件。他一生著述甚丰，最有价值的要数那部卷帙浩繁的巨著《资治通鉴》了。明代著名的学士宋濂在《送东阳马生序》里头不也叙述了自己少年读书时的种种艰辛吗？被誉为"诗书画三绝"的清代郑板桥，小时由于家贫买不起油灯就常到附近的古庙里借助佛灯苦读。

像这样苦读有为的事例实在是举不胜举！

古人如此，今人何尝不是。在现代学者当中，蔡元培就是最典型的一例。他小时候读书非常用功，入夏蚊子多，夜读时双脚被叮咬得痛痒难忍。他便急中生智地找来了大口子的空坛盛上水伸进双脚，躲过蚊子的叮咬，可他照样甘之如饴哩！

古今之人都甘于苦读，不正说明书有钙质这一事实吗？

苦读之不易，就在于苦读者必须不怕讥嘲不惧困窘，带着信心和勇气上路，接受着纷至沓来的挑战。苦读之不易，还在于苦读者必须持之以恒，十年磨一剑，有坚忍不拔的意志，有滴水穿石的精神。若是一曝十寒或半途而废者皆与"有为"这一目标无缘。苦读之不易，更在于苦读者必须做到心无旁骛全力以赴，做到虚怀若谷、不耻下问，做到耐得住寂寞、不受外界的诱惑。是啊，读书若无钻机探油般的锐劲，若无海绵摄水般的吸劲，也就别指望有朝一日能头顶桂冠、手捧鲜花。即便有，那绝不会是从这一条道上走来的！而这一切的付出不正是为了"有为"的回报吗？

无须否认，"有为"的荣耀总是建立在苦读的基础上。为此，莘莘学子们就得清醒地意识到脚踏实地不断进取的必由性，并能在奋然前行的进程中收获到一颗颗逐步孕育而成的思想之珠，沐浴着一束束渐趋闪烁不休的智慧之光，领悟出"不历一番寒彻骨，哪得梅花扑鼻香"的生活真谛，使自己的精神世界鸟语花香、艳阳高照……

也聊读与写

人类有别于其他动物最明显的标识就是能读书与写作。可见读书与写作是人类的特权，是高尚的事情，同时还是艰苦的脑力劳动。而读与写两者间究竟孰轻孰重呢？针对时下一些写手急吼吼地忙于推销自己，充斥版面的往往是"随意式的文学"呈欣欣向荣的态势，有人认为"读"比"写"重要。理由如下：其一，"读"之豹皮不存，"写"之兽毛焉附？言之凿凿，无庸置疑；其二，"世间医俗莫如书"，人的诸多俗病有赖于读书医治，这也不难理解，毕竟书籍是人类进步的阶梯呀；其三，一个人不读书不行，而不写作则无妨，因为精神食粮的特别性就在于吃下去并非一定要拉出来。上述这些不可辩驳的事实无不让人感到"读"之地位的"显赫"。

其实，读与写尽管不能等量齐观，彼此间还是有着密切联系的。试想一下，没人去写，有何书可读？没人读书，写又何用？唐代诗圣杜甫说过："读书破万卷，下笔如有神"，意为读是写的前提。明代诗人杨慎也有类似的观点："胸中有万卷书，笔下自无一点尘埃。"是啊，中国历代皆不乏腹笥充盈、学殖深厚的读书人，哪一个不是博读广览的结果呢？作为文学写手，若想取得一些成绩，首先必须在"读"字上下苦功。否则，只能是异想天开了。因为读不仅是汲取知识的主渠道，它还能为写创造必备的条件。"阅读面的宽窄，量的多少，质的优劣，在相当程度上决定一个人的写作层次与文章境界。"由此看来，读乃严肃之事，不可不慎，即读物应有严格的选择。至于写作，要使它不沦于应景式的新闻体，索然寡味的流水帐，矫情滥发的娘娘腔，拾人牙慧的炒冷饭，不伦不类的半吊子或抓在篮子里都是菜的大杂脍，重视读的"量"与"质"都是一个不容忽视的问题。因此，读是不能率性而为之也。

想要有令人满意的作品可读，没有深厚的文化底蕴与人格涵养的读书人去写，岂不成了无源之水无根之木？所以，写之重要同样不容忽视，牢记"以优秀的作品鼓舞人"，你的欣赏口味就不会仅仅局限于消遣读物的层面上。要写出高质量高品位的作品，你就得储备起深厚的文化底蕴与人格涵养。而这深厚的文化底蕴与人格涵养的形成，不正是得益于好读书么？

给生命以化妆

"腹有诗书气自华",可见读书是给生命以化妆!人之所以有别于其他动物,就是因为人能读书,而动物则不能也。

林清玄认为:"改变表相最好的办法,不是在表相上下功夫,一定要从内在里改革。"其意最明显不过,即多读书、多欣赏艺术、多思考问题,对生活乐观对前景充满信心,这才是一流的化妆,能使生命变得美丽可爱。此观点与尚素芬的见解如出一辙:"书既可滋补身体,也能美容养颜,这不是杜撰妄言。无论是先贤智慧过滤的文字,抑或新辈飘逸的抒情,都可以释心头之块垒,疏血脉之阻滞,心宽意畅,病魔难侵……"由此可知,人只有在内部世界里得以改革,就会不知不觉间影响到表相上的变化!

读书是给生命以化妆,靠的不是什么润肤膏美容霜之类的物品,而是一种能起着存菁去芜、剔误扶正作用的"精神滋养"。基于此,择书而读极为必要。一个人设若一味地与那些表面上有悦目之光彩而骨子里有着诛心之恶毒的文字打交道,浸泡在纳污藏垢的书籍中不能自拔,久而久之又焉能不身心俱损?谁都明白,用滥了化妆品,必然无助于美丽与健康的发展。因此,带着寻求视觉刺激导致感官沉沦的心态去读书,不是在滋养生命激发起对生活的热爱，而是在饮鸩止渴！记得鲁迅先生说过这么一个意味深长的话："从喷泉里喷出的都是水，从血管里流出的都是血。"那么从读书人的言行举止里流露出的理应是嘉言懿行！要做到这一点，窃以为多多求助于播惠之良书，就有可能达到给生命以化妆的效果！

时下，伴随着世事的浮躁，意欲安详地坐在古贤先圣身边，聆听他们的故事，确也不易。但我们必须清醒地意识到身处知识经济时代，一个人若不思与寂寞为伍、同诗书相亲，是断然改变不了自身品性上的缺陷的。所以努力跳出烦琐的事务圈子，挣脱俗网尘劳的束缚，在淡泊名利宁静致远的氛围里充分地感受到哲人们传递的深刻与睿智，使头脑得以清洗心灵得以涤荡。惟有如此，我们才能在生活的舞台上扮演着令人难忘的角色。

给生命以化妆，必须要与高尚的思想情操为伍，亦即与优秀的书籍"联姻"。优秀的书籍是人类劳作最为长久的成果，往往蕴藏着书写者的求索业绩。人之一生的世界大多为思想的世界，故而最优秀的书籍也就是至理名言与辉煌思想的宝藏。要发掘这些"富藏"，我们就得虚心地聆听其见解非凡的论述，用心地体察其超前不滞的阐释，与之灵犀相通悲喜同调，变书写者的人生体验为自身的人生体验。由此一来，在引发共鸣的基础上，我们就能感觉到自己是在与书写者同台演出。我们坚信，伟大而美好的思想在这个世界上是永远不会消亡的。载之于书籍，书籍就成了活着的声音。当这些活着的声音在书页上鲜明有力地展现时，我们的目旅就有了理想的演绎——自觉地摒弃狂妄、媚俗与虚伪！

"腹有诗书气自华"，多与优秀的书籍结缘，我们的生命就可以提升到令人仰视的高度，我们的故事也必将愈发精彩纷呈！

顺逆境与创作

　　何种环境适宜于作家的茁壮成长？是顺境耶，抑或是逆境也？答案颇难选择！细究个中缘由，实系顺逆之境对作家之成长皆有利弊。

　　逆境能促使作家成长，最合理的诠释莫过于自古至今总是有不少文人墨客在失意中出佳作，于落难时成巨篇。素有"诗圣"美誉的杜甫，一生穷困潦倒，可他吟就的史诗脍炙人口随处传唱，更被冠以诗坛创作中的"一面现实主义的光辉旗帜"；文学巨匠曹雪芹度日艰涩，在举家食粥的窘境里，焚膏继晷苦熬苦捱，居然写出了被后世称之为"封建社会百科全书"的中国古典四大名著之一的《红楼梦》，其毅力非凡人所能及也；丹麦作家安徒生早年过着颠沛流离的生活，然而他写的童话蜚声全球……无数事实不容置辩地证明了：只有历尽坎坷的作家才能写出优秀经典的作品，逆境不会辜负强者的创作，这似乎早有定论。

　　有人无限敬佩地说，鲁迅先生大量优秀杂文被喻为"投枪"、"利匕"，不都是在白色恐怖年代里酝酿而成的吗？也有人十分遗憾地叹息道，唐代诗人白居易临到晚年，官虽越做越大，但其文思减退了，笔锋

140

不再犀利，所出之诗多为无病呻吟之作，这与"江郎才尽"如出一辙啊！诸如此类耳熟能详的典例无不印证着古人所说的"文章穷而后工"、"文章憎命达"的观点。"昔西伯拘羑里，演《周易》；孔子厄陈蔡，作《春秋》；屈原放逐，著《离骚》；左公失明，厥有《国语》；孙子膑脚，而论《兵法》……大抵圣贤发愤之所为作也。"太史公司马迁在《史记》自序里说的这番话也分明告诉我们：逆境可以激活进取者的思想，使之创作潜能淋漓尽致地挥发出来，不是吗？法国文学大师巴尔扎克在成名之前也曾困顿过狼狈过。他本是学法律的，但大学毕业后偏想当作家，全然不听父亲要他做律师的忠告，把父子关系搞得很紧张。正当此际，他写的那些玩意儿不断被退了回来，父亲也不再向他提供任何生活费用。他负债累累，陷入困境。最困难的时候，他只能吃点面包喝些白开水。然而他很乐观，每当就餐之际，便在桌上画一只盘子，上面写着"香肠"、"奶酪"、"牛排"等字样，尔后在想象中狼吞虎咽。更令人感到不解地是他在这举步维艰的日子里，竟破费七百法郎买下一根镶嵌着玛瑙的粗大手杖，并在它上面刻下一行字："我将粉碎一切障碍"。正是这句气壮山河的豪言支撑着他走向成功。由此看来，磨难与挫折反而有助于作家的成长。

不过，著名作家刘心武曾撰文认为：在安逸的环境里照样可以写出优秀的作品。德国大文学家歌德的生活不是一直处于平稳的状态吗？而他写出的书一本接一本，大大丰富了世界文学之宝库。俄罗斯批判现实主义文学的最后一个高峰契诃夫，在动荡的社会大环境中过着相对的小康生活，其无论是小说或戏剧都硕果累累呀！1965年获得诺贝尔文学奖的肖洛霍夫自苏维埃政权建立后，尽管时代风云变幻，而他一直安居乐业，创作出为数不鲜的文学精品……罗列这些事实，无非是想告诉世人：顺境之于创作也能受益不浅啊。"不要颂扬逆境、颂扬坎坷、颂扬磨难、颂扬含冤，那样激励不了逆境中坎坷中磨难里和被冤屈被损害的人。"说的或许过于偏颇，但也不无道理——过度的坎坷磨难有可能扼杀创作灵感，压抑甚至消泯创作的欲望，这在文学史上也是屡见不鲜的。

总而言之，创作欲望的展示不仅仅取决于环境的顺逆，关键是看创作者的心境，是看创作者的激情，是看创作者热爱生活的程度！

解读礼书之由

"腹有诗书气自华""医得俗病多读书",这些耳熟能详的的话无不印证着读书对于人的重要性,爱阅读者往往能在充盈自身的同时除掉陋习,变得面目一新与众不同。可见,礼书应该成为我们教师,尤其是语文教师的一种追求方式。

关于读书,我觉得信奉鲁迅先生的观点是不会有错的。"必须像蜜蜂一样,采过许多花,这才能酿出蜜来。倘若叮在一处,所得非常有限,枯燥了。"是啊,"有容乃大"、"厚以载物"也。所以,我们在礼书时不能只钟爱于自己的嗜好,尽可能地与不同种类的书籍交融。培根有句名言:"读书足以怡情、足以博采、足以成才……读史使人明智,读诗使人灵秀,数学使人周密,哲学使人深刻,伦理学使人庄重,逻辑、修辞使人善辩,凡有所学,皆成性格。"由此想见,不同种类的书籍会让我们有不同的受益或收获。而广博学识的养成必须具有海阔天空般的气度或襟怀。

有人做过一项调查,对美国白宫历任总统的成就与读书之间的联系,发现了爱读书的往往是大有作为者，而不爱读书的几乎都是平庸之人。读书与贡献成了正比，这也分明告诉我们要虔诚礼书嘛！

据说，犹太人教育孩子读书特别重要时，大多会从这样的话题入手："假如有一天你的房子被烧毁，你的财产被抢光，你将带着什么东西逃命？"如果有孩子回答是钱或者是钻石，母亲便会进一步问："有一种没有颜色没有气味的宝贝，你知道是什么吗？"要是孩子还是回答不出来，母亲就会说："孩子，你将带走的不是钱，也不是钻石，而是智慧。因为智慧是任何人都抢不走的。只要你活着，智慧永远会跟随着你……"一个人智慧的形成与读书有着千丝万缕的联结，这就是礼书成为我们生活必不可缺少的理由所在！

世界级文豪莎士比亚曾经说过："生活里没有书籍，就好像天空没有阳光；智慧里没有书籍，就像鸟儿没有翅膀。"读书之于人何其不可或缺啊！试想一下，天空没有阳光，生活岂不暗淡？鸟儿没有翅膀，生命焉可享受飞翔的快乐？同样道理，没有智慧来武装你的头脑，你又如何立足于社会并感受到生之美好？是的，带着智慧上路，你头顶上的天空才会变得湛蓝，你脚底下的土地才会变得坚实！为此，你能不礼书乎？

人要读书，而且有不可不读的理由——"书籍是人类进步的阶梯。"众所周知的一个事实，书籍是人类长期劳作的成果，一本好书往往凝聚着书写者的求索业绩。人类可以借助这些活着的声音让自己少走曲道弯路，难怪科学巨人牛顿说自己的伟大是先人造就的。现代人之所以能上天揽月下海捉鳖，不也仰赖于有学识与智慧的支撑吗？而学识与智慧不都是在浓烈的书香浸润中才得以产生的吗？而且，我们不都是在知识的熏陶下变得文明可爱了吗？

就个体而言，读书之于人能增知添智，明理识礼。使眼光变得锐利，不盲从权威；使头脑变得清醒，做事有分寸；使心胸变得宽广，豁达而乐观；使谈吐变得儒雅，让人有如沐春风之感……总而言之，靠学识与智慧支撑的生命都是有深度与广度的……

中华民族之所以能屹立千万年而不倒，一个最大的因素就在于有文字的维系！而能读懂文字则是人类的特权。在文字尚未发明之前，人与动物之间其实是没有多大区别的。为了生存都在用自己的经验与体能去获取食物。可当世上有了文字以后，人与动物之间便明显分化开来了。人能读书，而动物则不会。基于此，我们还有什么理由不礼书呢？礼书，是对远古祖先的敬重，是对现代文明的推崇，是对未来生活的奠基！

在当今商业时代，读书所带来的不仅仅是市场经济发展上的有金可淘，与之俱来的还有源源不断的知识信息与现代科技。靠本事吃饭靠学识立足，正是今天乃至将来的一种必然趋势。所以，我们更不能忽视读书对人之命运的影响与改变。

为了自身的利益与整个人类的进步，书是不可不读的。正如雷鸣在《礼书》一文里写道："作为现代人，你可以不礼神佛不礼上帝，不礼高官显贵，不礼权威名流，但不能不礼书！"

在提倡全民阅读，打造书香校园、书香浙江乃至书香中国的今天，如果缺席了我们语文教师，这项工程势必无法正常运转。我们语文教师理应成为酷爱阅读虔诚礼书的先行者或典范。唯有如此，我们的民族才能在世界丛林的格局中勃发出无限的生机！

读书人之不易

在我国历史上，有人甘以作奴为仆的条件去换回读书的机会与乐趣，这种匪夷所思的行为启发人们：书可以不买，但不可不读也！囊中羞涩无钱买书者也不必耿耿于怀，既可以混迹书店读新书，又可以穿梭人群借好书，甚至还可以藏身街头翻旧书。总而言之，只要你爱读书，就一定会有办法与之结缘的。尽管如此，可读书人难为毕竟是个不争的事实！

读书人之不易，首先在于读书非有毅力不可。春宵睡意袭人，夏怕蚊子骚扰，秋多冷雨敲窗，入冬北风料峭；加上种种外界诱惑，成行自然难矣。更何况读书贵在持之以恒，没有滴水穿石的精神，没有坚持不懈的付出，要想获取知识必然是一种奢望，一种空谈。

读书人之不易，还在于读书必须在吃苦耐劳中得以完成，因为读书不仅劳筋骨，而且苦心志。作为一项艰苦的劳动，它必须有钻头般的锐劲，有钉子般的挤劲，有海绵般的吸劲，有车刀般的韧劲。在知识的天平上，容不得半点的虚伪，心血和脑汁才是托起成果的砝码。正基于读书要与寂寞为伍，拒绝浮躁心态，才使它有魔力能让人由幼稚走向成熟，由狭隘走向辽阔，由媚俗走向轩昂……这也就是读书人甘于在吃苦耐劳中不断修炼自己的根由所系！

读书人之不易，最重要的一点是读书能促人明辨是非，有所为，而有所不为。我们之所以提倡读书人应有郑板桥嫉恶如仇的作风，有陶渊明不为五斗米折腰的节操，有朱自清不吃嗟来之食的骨气，原因就在于读书若是一味地去追求升官发财功名利禄，那"书虫"很快就会沦为"蛀虫"了。"蛀虫"的可怕就在于他损公肥私，毁人利己，让这个社会变得复杂，不和谐。而"书虫"则不一样，啃进去的是知识，吐出来的是财富……如果读书人不为历史的发展人类的进步贡献聪明才智，那又如何对得起"薪火相传"这一神圣而荣光的使命呢？

中华民族是个酷爱读书的民族，我们的祖先为后人留下了许许多多的华章墨宝，让人景仰不已，由此而产生了一代又一代的读书人。而实际上读书人难为，难为而努力为之，这就是读书人的伟大所在啊！

让生活艺术化

有人云："读书是生活的艺术化。"细细想来，便觉此断言颇有道理。世界级大文豪莎士比亚说过："生活里没有书籍，就好像天空没有阳光；智慧里没有书籍，就好像鸟儿没有翅膀。"天空靠阳光显示生机，鸟儿凭翅膀始可飞翔。由此可知，读书对生活至为必要！抱着一种健康的心态，认真读些益智怡情的书，这不仅意味着它对充实生活增添生活情趣是一种合理的演绎，同时对升华人生、提高人生品位更是一份正确的设计！

读书是生活的艺术，论起来读书本身就该有艺术可言。读书的艺术关键取决于人之心态。动机纯了，顺理成章便可获得高深的智慧和清峻的思想涤荡心胸之尘埃，使人远离尘嚣俗氛的困扰，走向完美与崇高。是啊，只要我们在构筑书香营造书香的基础上努力着，就能支撑起一根民族精神大厦的脊梁，坚实而不可动摇！

读书是生活的艺术。生活一经艺术化，必然会有人醉心其间而无法自拔。不是吗？毛泽东腹笥充盈、才济天下，从未尝闻过有人异议。细究起来，还不是得益于他有"不可一日无书"的痴迷？王梓坤院士曰："我这一生算是和书籍，特别是好书结下了不解之缘。"这话不也渲泄着他非常自豪的情感么？读书无国界，当基辛格不再担任美国国务卿时，他不无感慨地说："卸职之后，最大的喜悦是不需要整天看密件，可以读自己喜爱的书。"心灵上的舒卷是多么的可贵哟……读书之所以会成为成千上万的读书人生活不可剥离的一部分，与生命同脉搏，最关键的一个因素是它除了能使人获得一定程度上的某些实惠外，更重要的则是它还可以给人带来难以言喻的、美好的精神享受。难怪有人发出了"三日不读书，胸臆无佳想；三月不读书，耳目失精爽"之感喟；难怪会有人发出了"寒可抵裘，饥可当肉"的赞叹；难怪有人会发出了"富不读书，纵有银钱身何贵；贫而好学，虽无功名志自高"的慨触……总之，读书只有融入进艺术化的生活里，一切伪饰和堕落都将似沉渣被过滤掉！

不错，读书人惟有以书为舟，驶行于现实生活的海洋里，脱俗标新，才能遇上生活艺术之激流，在书之页码的逐减里，生命将会变得更具张力与厚度，大气而磅礴！

文化的『面孔』

当今社会处处潜藏着巨大的商机，利字当头，易于忘却道义，因而有人会绞尽脑汁不择手段地捣鼓出一些颇为离谱之事来。问题是离谱之事多了，势必会严重浊化社会风气，扰乱文化市场，切不可等闲视之。

说起中国的饮食文化闻名天下，一个最重要的原因在于它有深厚隽永的内涵。而一些浅薄可鄙的餐饮经营者全然不顾此一事实，不一本正经地把心思花在该花的地方，老老实实地去提高酒水菜肴的质量，偏偏在菜谱取名上花样翻新，想要多怪就有多怪。听听吧：芥末拌肚丝叫"情人眼泪"；两只牛蛙焖在一处曰"生死恋"；熟鸡蛋用几片西红柿一遮盖，美其名为"金屋藏娇"；几块土豆饼蘸上面包渣儿放到油里一煎就成了"黄金万两"；三四个青椒加上若干片胡萝卜谓之"千娇百媚"；而"赤身裸体"竟是菠菜上面躺着两支像人体形状的参条……唉，只听听那些俗气直冒而迎合猥琐之辈的菜名，你不想呕吐一番还真难呢！作为消费者的公共场所，若是心安理得地容忍了那些"精神污染源"，岂不是滑天下之大稽？毕竟，文化是需有一副严肃面孔的！

不严肃的作风显然不止于餐饮业，某些文化作品与影视作品也存在着类似的"顽疾"。前些年，抛开社会责任感泯灭艺术良知的作家或编导确实不乏其人。按理说历史不能戏说名著不可篡改应成为现代人的共识。秦皇汉武、唐宗宋祖。历史上有其人有其事，岂容胡编乱造？孙悟空、猪八戒、林黛玉、薛宝钗，名著中形象鲜明深入人心，哪可胡涂乱抹？这些千百年来在读者心里已占位置的角色是绝不容许亵渎的！然而在一些唯利是图的艺术圈子里，偏有一班人马哗众取宠，醉心干起戏说历史篡改名著的勾当。你看，不论在银幕上抑或电视剧制作中，甚至洋洋洒洒的长篇里头，只要是名头响当当的角色，哪管他是屈原、贾谊、苏轼、郑板桥，哪管她是花木兰、穆桂英、白素贞、祝英台，逮住了一个就生吞一个，捉住了一对就活剥一双，毫不客气毫不手软，直折腾得观众腻味了方肯罢休！他们用怪腔怪调的笔法演绎出荒唐怪诞的故事，所以心肠狠毒的潘金莲居然摇身一变成了个勤劳贤淑文静多情的"不幸人"；一介书生唐伯虎竟可以连滚带爬地作诗绘画……依此路子走下去，李白杜甫、白居易说不定要仗剑纵马呼啸驰骋地劫富济贫横行天下了，武则天、杨贵妃、慈禧太后也尽可以飞檐走壁取人头如探囊取物呀……

可这样做的结果呢？失去真实为依据的文化虽有可能走俏一时或大红大紫了一阵，但它毕竟犹如昙花一现，难以久远。因为一个艺术家如果不需要道德良知与社会责任的话，颠倒黑白混淆是非，焉不祸及子孙后代？故此我们对此"标新立异"的做法绝不可坐视不见、充耳不闻！

撞上新词不躲避

　　时下，正是新词不断涌现的年代，你随时都有可能碰上它们。不是吗，世界小了，生活日趋多样化，为数不少的新词也跟着如雨后春笋般应运而生，有的从舌尖上蹦了出来，有的从书报里兀然展露，真让你感到手足无措，躲也躲不开，避也避不掉。

　　若将现今许多新词之意再囿于以往皮相上的解读，抑或作顾名思义式的阐释，显然是"此路不通"了。因为它们的内核几乎都发生了裂变。即便那些看上去半熟不生有点面善的"老词"也无不打上时代的烙印。"茶馆"成了"闲聊"的代名词，"抢滩"成了"把握时机迅速占领市场"的别称，"炒鱿鱼"不是一种菜，"大出血"竟然与病症扯不到一处，"洗手间"的主要功能不是洗手，"理发店"的经营项目也不限于理发美容……看来，渗透到生活方方面面的新词，你都得弄个清清楚楚，搞个明明白白；否则，会被人莫名其妙地认为是"老古董"。最重要的一点是人总该生活在这个星球之上，要上街购物下厨做饭，要读书看报互为交流，倘因孤陋寡闻，焉有不闹出笑话之理？因此，撞上新词不绕避才是最明智的做法！

　　人们造词的招术是不容小觑的。只要稍加留意，你定会找出印证来——他们敢于把那些风马牛不相及的字牢牢粘在一处胶于一块，且永不剥离呢。如将在社会各类活动中的"去银行贷款买房子"说成是"按揭"，"到别的单位赚外快"谓之为"炒更"……像这类组构奇特的新词不都是人们别出心裁的"杰作"吗？"木头"竟可与"磁石"焊接，并能不腐不臭地存活于嘴上书中，新人类的大胆能不令人匪夷所思？能不令人起点困惑犯些糊涂？

　　当你从接触的媒介上乍一听到诸如"哇塞，这件 T 恤真好也，上街炫一炫，帅呆了，酷毙了"之类的话时，你切莫下意识地低估了自己的领悟能力。不错，只要撞上新词不绕避，你就一定能够走出一条合辙之道！

好靓真酷
新生词

　　高建群在《年近四十学说话》一文中，例举了几桩事实，直言不讳地告诉人们：现今的中国话里有些新生词总是让人乍听之下感到迷惑不解一头雾水，而细细思忖之后又觉得有理有据不容置辩，所以他为自己乃一个地地道道的中国人竟听不懂现代一些中国话而发愁了。尽管如此，他还是真诚地认为："给我们的汉语，再增加一些更为准确的更富表现力的字眼儿，未尝不是一件好事。"因为他清楚地知道，正是社会生活需要这些新生词，它们才应运而生。不错，是时代的进步在为我们提供着酝酿与创造新生词的有利条件！

　　曾在字典里查不到的"靓"字，刚出现在电影海报上时，能知道读音的恐怕寥寥无几吧，那时候人们至多只会从字面上揣度或猜测其意思罢了，至于念法也就无暇顾及。而时下，这个字却被越来越多的人所承认所悦纳，出现的频率之高也不亚于常用字，可见易于让人接受的新生事物总有其可爱的一面，不容低估不容漠视。"靓"字的不胫而走就是最好的印证！

"酷"字这几年也算是风光得意大大流行了。它究竟是什么意思呢？谁也说不清楚。不过，当你见到某一个人时，以"酷"夸之，他或她准会显得很高兴。人们把前些年在电影里看到的日本著名演员高仓健那张冷峻的脸称"酷"，也把齐秦那一头乱糟糟的发丝称"酷"，都不会有错呀。总之，"酷"的作派有异于常态，是款型出奇"魅力"独具的别称。"酷"字的出现，把现代人背叛固有形象的潜意识发挥得淋漓尽致。

　　此外，如说某人"水得很"的"水"字也颇具新鲜感，细加咀嚼，不由得你为其蕴含着"虚浮不踏实"之意却以极其形象化之语从容道出而拍案叫绝了。"有一腿"的说法更叫人回味无穷，它把古之所谓"奸夫淫妇"的"暧昧关系"用一句不含褒贬、没存咸淡之味的话调侃而出，直让人感觉得到现代人说话的宽容与含蓄！

腹有诗书
气自华

　　日常生活中，有些现象确实令人深思。当你拉开一个漂亮的绣花枕头时，不料里面装的是一包铡碎了的稻草，你焉能不失望之至？而当你切开包着青皮的西瓜后，竟然看到它满肚子的大红瓤，你岂会不惊喜异常？

　　做人也有类似情况：有人英俊的外表却蠢态毕露；看上去是一个手无缚鸡之力的文弱书生，亦有可能胸藏韬略，抵得上千军万马呢。由此可见，仅有外在美虽能取悦一时，却无法维持久远，惟有内在美不易衰竭。要创造内在美，最关键的一步是把一些填料充实进去。

　　一个人的外貌或俊或丑，那是遗传的结果，自己很难做得了主，但要采取什么样的填料来充实自己的思想领域是每个人都能选择的。为了对自己彻底负责，我们都必须选择一种可影响人之内外的特殊养料。而这种养料很容易在书本里找到，怪不得当今头脑清醒之人都在大力提倡读书，并努力践行之。

　　积聚在书本里的学问大都是人类对社会与自然界的认识。而这种认识程度又往往决定一个人在世上将会发挥出多大的能量。因此，提倡读书是必要的，践行之更是不可或缺。不错，只有不断读书、不断学习别人认识与经验的人，才有资格使自己的知识与越来越丰富，头脑越来越聪明，办事越来越能干。读书不仅能创造内在美，而且还能让内在美散发出来，形之于外，这恰恰印证了"腹有诗书气自华"的至理名言。

有书在腹，心静眼明，面对物欲蛊惑，自可把持得住。一个不妄自菲薄、不妄自尊大的读书人，于国于民皆属一种福祉，这就是读书人给这个世界带来的一大好处，

华装美服只能改变一个人的外部形象，却几乎不可能改变一个人的内在气质，然而善用知识充实头脑的人，不仅可以改变内在气质，还能改变外部形象。

酷爱读书吧，美丽将与你同在！

痒要挑 也刺搔

唐秋江在《挑刺与搔痒》一文中说：用漫谈口吻写成的文章就是随笔，始于十六世纪欧洲作家蒙田，五四运动以后，这一文体在我国勃兴。常见的随笔有两类：一类属警世的文章为杂文；另一类系明世的文章取名为小品文。

这两类文章给人的感觉截然有别。大抵写杂文的作者忧患意识强烈，肝火极旺，一旦形诸于文字便要触着人的痛处了，其意专在挑刺，于人的健康实乃有益无害，即便过分得揭人疤痕，也是促人痛定思痛，再三反省，以免再度吃苦；而写小品文的则不同，由于作者对世事人情洞若观火，看得分明，上自天文下至地理，巨若宇宙微如蚊蝇，无一不可信手拈来涉笔成文，其滋味则如踏雪赏梅般颇能搔着雅人们的痒处。故而说："杂文作者与小品文作者的不同处，就在于前者具有一副悲天悯人的心肠，而后者虽藏大智慧却总是冷眼阅世！

倘联系实际，就会发现时下报刊上随笔类的文章真可谓挑刺的少而搔痒的多。究其缘由，正如《杂文名家》所讲："鲁迅的杂文不是投枪便是匕首，结果不是挖疮便是剜肉。谁受得了哇！"因而，众多作家都争先仿效"杂文名家ｗ君"采用"挠挠痒"的新式武器，讲究"迂回前进，侧翼攻击，避重就轻，指东打西，顾左右而言其它"的新奇战术与"隔靴搔痒"的新颖招数展示"才情"，只为这些东西即便"解不了痒也无碍大局，还能常痒常挠，物尽其用，上对得起组织，下对得起群众！"ｗ君之所以能成为"杂文名家"，也显然与其老谋深算地认为"拍马屁的卑贱让人瞧不起，一条道儿走到底的是强筋于事无补。吹捧而不露痕迹，批评能让人接受，揭露不使人暴跳才叫水平"有关！由于众多作家把ｗ君之言奉为圭臬深信不疑，原来挑刺的也转为搔痒来了，难怪这类杂文奇货可居了，堂而皇之地刊载于报章的往往都以随笔的面目出现……

作家们变得胆小谨慎了，更兼博学者甚稀，故而削弱了杂文的战斗力，给人缺乏"生气勃勃"的感觉。这或许是生活在太平盛世里的人们性情趋复和婉之由吧。尽管如此，人世间，毕竟还存有许多阴暗的东西，我觉得作家们有责任多写一些针砭时弊的文章，而写这种立场坚定态度鲜明能唤醒人们良知的文章，运用杂文的形式则是最佳的选择，为此我呼唤杂文！

媚俗

酿得书香拒

书犹药也，可医俗病，这似乎是早有定论了。其实也不尽然，世上有些书的确如同罂粟之花，美艳的外衣里裹护着丰饶的毒素，一旦受其诱惑，必然会成为媚俗者心灵走向腐蚀的催化剂。手头上的一份资料足以证明这一观点。清朝光绪年间，有个黑龙江巡抚叫段芝贵。其人原本是一名教习，后来竟一跃成为封疆大吏，据说就是在读书中淘到了"奇珍异宝"的。起初，段芝贵这人任军中讲武堂教习，一次读书时看到了这样一则故事：南宋宁宗时，太师韩侂胄炙手可热大权独揽，时任钱塘县令的程松因嫌头上戴着的纱帽小，遂心生一计，花了一千两银子买了个美妓献给太师，以博其欢心，几年之内便被提拔为同知枢密院事。这故事竟如醍醐灌顶，激发了段芝贵蛰伏在心底里的邪念。他如法炮制，先把袁世凯看中的一名妖妓花银子弄进袁府，自己被提升为陆军第三镇统制。尔后又用同样的办法巴结庆亲王的儿子——贝子载振，很快就被拔升为黑龙江巡抚。段芝贵屡试不爽，从书中淘到了"千钟粟"。就其本人而言，算是青云有路飞黄腾达，然而其行举为患之深、遗祸之烈，是不容小觑的。官场正因为他们的存在而滋生着腐败，足见读书人媚俗之可畏矣！

读书人的思想里若是掺杂了虚妄的成分与媚俗的要素，其读书就注定会走邪成魔，后果堪虞；反之，摆正心态去读书，便会让我们认清"有所为，亦有所不为"的必要性，便会把人间道义看得比泰山还重，便会在"善小为之，恶小不为"的行事准则上不敢稍有疏忽或怠懈……能不能摆正心态读书也就意味着读书可不可医俗病的关键所系，因此，结论是读书人读书首先就要摆正心态。

如何摆正心态呢？有哲人曰："为人如构室，先须根基牢固，始可载物。忠诚敦厚，人之根基也。"这话说得极为精辟。金若掺一分铜铁，则不精；德若涵一丝卑伪，则不纯。将人生之室构筑在卑伪德行这一不坚不实的根基上，必非幸事。纵然它没有訇然坍塌之危，但也会令人有如履薄冰般惴惴不安！为人若此，读书亦然。说实在的，读书人最需要的就是有一颗水晶般剔透的纯心。因为带有水晶般剔透的纯心者最懂得向善、求真、崇美的可贵。于是他们便会在读书隧道的开掘中，自主"运用脑髓、放出眼光"，抡起智慧之锤，叩击思想火花，把假恶丑之顽石刻凿一光，只留下让人觉得坦然舒适的广阔空间。反之，读书人如果被伪饰的光芒所惑，就会视废为宝，就会浊污着社会风气，让人生的隧道里堆满了一块块绊脚石，一旦人生的列车经越而过，又怎能避免得了人仰车翻的惨剧上演呢？

摆正读书的心态，就是在读书时能有一种批判的眼光，取其精华弃其糟粕，尤其是对书中那些阴暗面的刻画本着正确的理解与深入的认识，绝不会使自己在这类书籍的阅读中多了些低级趣味的元素，冲淡了骨子里原有的一些高尚的因子。总而言之，在读书时必须具有美丑观、是非观，并能持斋戒之心为清污辟秽而做好准备。历览古往今来如过江之鲫的读书人，哪一个有口皆碑者会是阻挡社会文明进步的媚俗之流呢？

古代读书人最崇尚的就是"穷则独善其身，达者兼济天下。"这境界显然是很高尚的。愚以为读书人如果都能做到了"穷则独善其身，达者兼济天下"，无私心贪欲，无媚俗之举，想到的是洁身自好，想到的是克己奉公，进而还站在对这个社会有担当、对这个社会有责任感的高度上关注民瘼、行善造益，那么从政当官的就能自觉抵制腐化脱变，先天下之忧而忧，后天下之乐而乐，我们又何愁看不到和谐景观的出现与文明之花的遍地开放呢？和谐景观的出现和文明之花的遍地开放，绝对是营造书香所结出的硕果啊！

营造书香的源头之于今人而言，已经不止是出版界了。它除了读书人具有良好的心理素质之外，还需要全社会做出的默契配合。在多元文化相互激荡，更兼因特网强势崛发的今天，所有的读书人都该保持一颗纯心带着十分理智去与可视可感的文字精灵"对话"。惟其这样，才会有书香可酿！

第三辑

教苑拾锦辑

谁之过

　　教育倘若有设想之效，谓之为成功自然无话可说，如若走向异端，那便不妥了。

　　不重视德治的学校必然怪事迭出。几日前，有学生因病去了一趟卫生院，返校后带回了几包药丸搁于寝室的卧铺上，待至翌晨欲服药，却发现那些用于治病的糖衣苦药悉数不翼而飞，报告老师顺藤摸瓜地追查一番，原来是被一位素有"馋嘴猫"之称的学生窃去当作补品"享用"了。继之以后的怪闻也同样令人哭笑不得。一位教师放在讲台桌抽屉内的几个桔子也被一位学生偷吃了。学生的素质差到这种地步，也委实叫人"大开眼界"了。日前，又有一则新闻作为饭后谈资被不咸不淡地扯了出来——一个高年级的学生捉弄一个低年级的小同学，竟然操起一把利剪"喀嚓喀嚓"地将彼之头发剪得参差不齐凌乱异常……一一梳理出来，禁不住要发问："何故如此？谁之过耶？"

　　学校里偶然出些小事情是不足为怪的。可怕的是这所学校一而再再而三地曝光了那么多令人匪夷所思的丑闻后依然不了了之。常言道："子不教，父之过。"套用一下，不就成了"生不教，师之过"吗？假若我们作教师的都能尽心尽职了，在文明摇篮里的孩子焉会专出怪闻丑行？缺点暴露了，一味掩饰过去，终归后患无穷呀！

学校出了问题，大多与手执教鞭者敷衍塞责，缺乏应有的耐心细致有关。学生犯错了，教师往往是给一顿暴风雨式地"正面引导"与"速成教育"，使其痛改前非。然而，这样做，未必能使学生心悦诚服地接受。德育是教育中的灵魂，任何时候都不应忘记。韩愈早在唐朝时代就曾说过："师者，所以传道、授业、解惑也。"传道无非是教学生怎样做人。学生出了问题，若不及时解决，就极有可能留下一些"后遗症"，解决起来也就极为棘手了。更重要的一点就是我们的教育不可以蜻蜓点水浅尝辄止，而要深入人心入木三分！

透视宽容

先前有位禅师，一天晚上在禅院里散步，发现墙角放着一张椅子。他想，一定是有人不顾寺规越墙出去游玩了。禅师搬开椅子，蹲在其处观察。果然不出所料，有一位小和尚翻墙而入，在黑暗中踏着禅师的脊背跳进院子。当小和尚双脚落地时，才发现刚刚踩的不是椅子，而是禅师。小和尚顿时惊惶失措了，但出乎意料的是禅师并没有严厉地责备于他，只是以平静的语调说："夜深天凉的，快去多穿件衣服吧。"小和尚感激涕零，从此以后再也没有翻墙出去闲逛了。

宽大而有气量，不屑于计较或追究小事，这不就是所谓的宽容吗？宽容是具有力量的。它虽然没有咄咄逼人的训斥，也没有喋喋不休的说教，但足以让人心灵受到触动，行为得以矫正。那么宽容的力量究竟来自何处呢？它源于一颗博大的爱心，也源于一份坚定信心。设若一个人的胸中不跳动着一颗博大的爱心，怎么可能对他人的生命发展充满敬畏？又怎能对他人的人格成长给予尊重？同理可知，如果一个人对他人的成长缺乏信心，怎么能平静地对待他人之错误或过失呢？倘若连对自己的教育能力也没有自信，又怎么能够耐心地等待他人之进步呢？总而言之，宽容的力量是难以驾驭的，它需要热情中的理智与理智中的热情！

"人孰无过，过而改之，善莫大焉"，此乃做人需要学会宽容的最佳诠释。给犯了错误的人一个改过自新的机会，奇迹也许就会从这里诞生。有人说："生活中不能没有宽容，就如同不能没有水和空气一样。"这话说得一点也不荒谬。是啊，宽容乃现实生活中的"调味品"，是社会"大机器"里的"润滑剂"，它所体现的不止是一个人的心理素质与文化修养，更重要的是对人世间真善美的一种追求与向往。所以，我们只有学会了宽容，才能像喝一杯浓浓的咖啡，可以从丝丝苦涩中品味到缕缕香甜！

相信孩子

　　曾从某报上读到过一篇启人心智、耐人寻味的文章。大意是讲一位学者正为着研究治理世界问题而将自己关在屋里搜尽枯肠伤透脑筋之际，7岁的儿子闯了进来，扬言要助其一臂之力。学者感到不耐烦了，想把他支走；可儿子就是不肯离去。该怎么办呢？忽然学者发现案头搁置着一本杂志，眼睛不由得一亮，心里顿时闪过一个念头。他随手拿起杂志，从中撕下一张世界地图，用剪刀将之弄个支离破碎。然后把一堆面目可憎的纸片和一卷未曾启用的胶带递给儿子，说："你若有能耐，就把它恢复成原状吧。"学者估计儿子要完成此项"艰巨的工程"，非得耗上几天工夫不可——毕竟儿子从没学过有关地理方面的知识，对世界版图是完全陌生的呀！不料，几小时后，儿子便来交差了。学者惊讶不已，问："你是如何将它拼凑出来的？"儿子语调平静地告诉父亲："我虽然不清楚世界地图是什么模样，但您从杂志上撕下地图并把它剪碎时，我已看到它的另一面是个人像。您把那堆纸片和一卷胶带拿给我拼贴，一开始我不会。不过，我后来想到它的背面是一个人的图像。于是我将所有的碎纸片翻过来拼贴。我熟悉人的样子，自然很快能将图像拼凑出来……"

相信孩子，因为他们有你所想不到的一面。这是一个名至实归的以人为本的故事，对我们教师而言，着实具有启发作用与引领功能。

以往传统的课堂教学看重的是书本，而非学生，所以不少教师总是热衷于把课文内容讲得面面俱到、细大不捐，把学习问题分析得一清二楚、明白无疑，把自己烂熟于心的解题方法一遍又一遍地全盘授予学生，其目的无非是让学生少走一些弯路，缩短他们认知与理解的进程，以便全面及时且又高效地掌握所学的知识技能。老师的良苦用心果真可以换来学生的受益匪浅吗？实则不然，这种自以为是一厢情愿的为教而教以本为本的播讲原来存在着极大的弊端，它带给学生大脑组织的不是强有力的冲击，而是被动盲目的接受。随之而来，也就没了突破性的标新立异，只有机械式的因循守旧。教师的越俎代庖，培植的不止是学生不习思维的惰性，还有不知变通的迂腐。基于此，我们教师只有在"以人为本"这一主题上深入发掘做大文章，教学才有出路可言与精彩可言！

要在课堂教学之中做大"以人为本"的文章，我们都必须认清这样一个事实：学生是学习的主体，引导他们去发现问题、探究问题乃至解决问题，作为教师的只是在干穿针引线的连缀工作而已。可学生则不同，他们要获得知识的储备，必须经过自身的努力，眼睛要学会善于观察，脑子要学会善于思考，双手要学会善于操作。换而言之，学生只有主动地参与或自觉地投入学习，思维之闸才能訇然开启，智慧之泉才能汩汩奔涌。可见，以人为本的教学看重的不是思想原汁原味地"克隆"，技艺一成不变的"翻版"，而是寻求创造力的积极催生与想象力的无拘萌动。这一切的一切都功归于孩子们有无限的潜力与潜能！

以人为本，顺应历史潮流，合乎教育规律，能给学生身心发展带来最深邃、最邈远的空间，它理应成为我们所有教师不可漠视的研修课与必修课！

简洁有度

　　写文章有诸多讲究，其中一条就是提倡简洁。据说，唐朝史学家刘知几奉命主持编修国史时，一次有位史官将《汉史》中的《张苍传》修改稿送给他审阅。刘知几读到："苍兔相后，年老口中无齿，食乳"一句，便搁笔凝思。他要求史官将此话再浓缩一下，可大家都认为语句够简洁的了，最后还是由他自己把原话改为"苍兔相后，老而无齿，食乳。"像这种惜墨如金简洁文风的做法显然不止于刘知几一人。欧阳修的"逸马杀犬于道"的典故不同样令人敬服吗？一次，欧阳修与几位朋友出去闲游。走着，走着，看见一匹高头大马飞奔而来，他们急忙躲闪。瞬息之间，飞马过处，只听得一声惨叫，大道上的一头狗被踩死了。有人提议用最简洁的文字记录这一实况。于是，你一言我一语的。"有犬卧于通衢，逸马蹄死之"、"马逸，有犬遇蹄而毙"、"适有奔马践死一犬"、"有犬死于奔马之下"。结果与欧阳修的一比较，都逊色不少。"逸马杀犬于道"，形象、简洁，不让多余一字出现在句子里头，无拖沓之感。文风如此，无懈可击，由不得你不拍案叫绝！

为文以简洁见取，并不意味着越简越好，必须有度才行。

"秀才写启事"的范例恰好能印证这一点。从前某商人在某镇繁华地处开了一个酒馆。为了标明店里有好酒招徕顾客，特意请来四位秀才一起商议帮写招牌，并要求他们尽可能少用文字却必须把意思表达清楚。四秀才各自动开了脑筋。甲首先开口："写上'此处有好酒出售'七字即可"，乙认为在原句上删掉"此处"二字更显简练。不料丙接过话茬说："'有'字也可以不要。"丁秀才不甘示弱，道："干脆将别的字都删去，就剩下一个'酒'字得了！"店主听了之后，反倒踌躇难决了。其实，四秀才的议论中，乙秀才的话最有道理。甲说的虽明白，但删去"此处"二字对表达意思丝毫没有影响。丙说的再去掉"有"字，就有些勉强了，因为它不符合人们平日口语习惯。至于仅留一个"酒"字，字数虽少，但表述含糊不清，自然不妥。由此看来，讲究文字的简洁要恰到好处，掌握分寸。否则，连意思都表达不清楚的简洁就失去了实际意义。以随意或一味减少文字而改变愿意抑或妨碍内容表达的简洁是写作之大忌。

诚然，在写作上力倡文风简洁是可行的，但必须要适度。苟简难免会留下笑柄，不是吗？

爱的考核

　　最近读了一则耐人咀嚼启人心智的小故事，讲的是南方一家幼儿园公开招聘园长之事。由于待遇奇高，角逐者如云，在最后一轮面试中，一位叫雯雯的年轻姑娘被录用了。说起来理由也很简单，她就是凭着自己迥乎常人的热忱获得意外成功的！园方早就妙计安排，让伤心哭着的脏兮兮小男孩处于众多的应聘者眼皮底下，看她们究竟作出何种反馈。其实出人意料的是：只有雯雯从那小男孩身边经过时，停下步子掏出手帕俯身给他擦鼻涕，还好言抚慰几句，而旁人却都无动于衷匆匆而过；面试出来，应聘者们依然视若无睹地扬长而去，唯独雯雯抱起他哄他，认真地给他唱歌，投入地给他讲故事。滴水藏海，《爱的考核》无疑在启示我们，教师之所以被誉为"塑造人类灵魂的工程师"，就在于其工作特点不仅仅是单纯地给学生传授一些知识与技能而已啊！

　　无须否认，作教师的只具备相应的知识和技能显然还不够，更重要的是需要一种高尚的道德行为，一种伟大的精神情操。让这道德行为、让这精神情操衍生出许许多多如鲜花般美好的让人难忘的东西，譬如一颗不失职不渎职的责任心啦，譬如一句让人如沐春风的鼓励话啦……这些以爱为核心凝聚而成的东西对于任何一位教师来说都是非常重要的。一旦拥有了它们，你才可以成为一名技娴的舵手，把学生们的航船引向浩瀚无际的大海去乘风破浪；否则，学生们的航道只能被导入河湾搁浅了。

时下，几乎每一所学校都在大力提倡素质教育，在此大背景里，缺乏爱心的教师最易挨批，不擅教学的教师最易淘汰，歧视后进生的做法更是不得人心，要严格禁止。基于此，我们做教师的都必须从严自律，学会尊重学生爱护学生，尤其是后进生。我们都要想方设法地把真情的甘露洒向后进生的焦渴心田，用诚挚的话语去弹拨他们内心深处的情感之弦，让他们摆脱那种离群索居的孤独感和自卑感，使他们走上健康的成才之路，共享着学习的快乐。

每位称职的教师在口耘笔耕自己人生的时候，都会遭遇着各种的考核。真爱必须发自于内心。而发自于内心的爱，不仅可以提高自己的生命质量，丰富自己的生命蕴含，还能够帮助他人获得快乐温暖。

好
文
不
嫌
短

　　文章的好坏不是以数量的众寡来界定的，张景一文远胜柳开千轴，便可印证；文章的好坏也不是以篇幅的长短来评判的，茹太素的万言奏本换来的是朱元璋的怒责厉斥，而一篇不足两百字的短文竟然获取美国一家杂志小说征文的高额奖金。由此可见，质量才是甄别文章优劣的一大标识。好文不嫌短，毋庸置疑，也无需置疑！

　　"一个叫伊利薇娜的女士，有一弟弟叫布莱特。他陪着伊利薇娜的丈夫巴布去非洲打猎。一天，伊利薇娜接到弟弟的电报：巴布猎狮身亡。伊利薇娜非常悲痛，迅速回电报："请运其尸回家。"三周后，从非洲运回一个大包裹。包裹内仅有一具狮尸，伊利薇娜未见丈夫遗体，十分纳闷，只得拍电报给布莱特：'狮收到，弟误，请寄回巴布'。很快地，弟弟回了电报：'无误，巴布在狮腹内。'"

　　这篇获奖作品好在何处？它讲究的是情节曲折，以最短的篇幅涵盖了极其丰富的内容，写得一波三折，跌宕起伏，读来浮想联翩，耐人寻味。要做到这样，的确不简单。巴布带布莱特去非洲猎狮，不料身亡；

运回狮尸，却不见巴布遗体，自然会使伊利薇娜感到惊讶；结果从电报里获悉，巴布原在狮腹之中，怎不令做妻子的哀痛欲绝？这三处匠心独运的情节安排把故事逐步推向高潮，自有一种摇曳生姿之感。尤其是结尾既在意料之外，又在情理之中，真让人拍案叫绝！由此可知，写作是需要精心构思的，下笔还应富于变化，尽量避免平铺直叙，多给读者留下想象空间。惟有这样，文章才耐得住咀嚼，百读不厌！

好文不嫌短，在写法上力求有"立片言以居要，收千里于方寸"的言简意赅外，还需意尽则止，不可拖泥带水。相传唐朝诗人祖咏一次赴京赶考，到最后一科时，诗题为《终南望雪》。祖咏有过这样的生活体验，因而得心应手一挥而就：终南阴岭秀，积雪浮云端。林表明霁色，城中增暮寒。写毕，他觉得诗句已将题意阐释得清清楚楚明明白白了，没再补充的必要，便交卷而去。考官看罢，很是欣赏，但嫌格式不符规定，颇有些惋惜，派人将之找回，希望他加上几句，可祖咏拒绝了。虽然祖咏最后不能金榜题名，然而他的诗作却经受了时间的考验，成了千古传诵的名篇。这个写作典故分明告诉我们：行文时理应有感而发，不可无病呻吟。

好文不嫌短，但它必须紧扣题旨严谨谋篇，同时还要做到文风简朴，洗练精粹！

文章靠人做

　　相传以前曾有几位文人去郊外联句作诗。轮到一位文学功底颇浅的青年联句时，他搜尽枯肠也没想出什么佳句，最后只能从牙缝里挤出了这样一句令人啼笑皆非的诗："柳絮飞来片片红。"在场者听了，无不感到失望。有人甚至向他投出了鄙夷的目光；有人则暗暗地嘀咕道："笑话，柳絮是白的，怎么能'片片红'呢？"

　　这时，坐在旁侧的一位青年才俊禁不住站起身来，开腔道："兄才的性子未免也太急躁了些；该愚弟吟的诗句却被你抢去了，愚弟只好替你补上前句了。"话毕，便扬声吟了出来："夕阳方照桃花坞。"

　　顿时，掌声四起——这的确是点铁成金化腐朽为神奇的一招！试想，春之夕阳把大地染红，柳絮飘进了桃花坞那缤纷的红雨里，不就呈现出"片片红"的奇异景观了吗？

　　源于那位诗家高手深谙任何事物都会随着时空条件的变化而变化的道理，从而找到链接的载体，不仅为自己的文友解除了窘迫，还留下了这么一段脍炙人口的千古佳话哩！

据说，清朝皇帝乾隆一次下江南巡视，途中看到天空有一只鹤飞过，遂命随从官员各自赋诗一首。由于事出突然，官员们都脸有难色，惟独进士冯成修却脱口发吟："仰望天空一鹤飞，朱砂为颈雪为衣。"乾隆为试其才，故意话锋一转："我要你吟的不是白鹤，而是黑鹤呀！"冯成修急智一来，续出了后两句："只因觅食归来晚，误落羲之洗砚池！"

本来是白鹤，掉进洗砚池里，沾了一身的墨汁，自然也就成了黑鹤，多么的顺理成章无可挑剔啊！

智者与常人的区别就在于他有更多的遐思神经，有更多的探秘触角……

文章靠人做，这话确实不假。要做好文章，就得有自圆其说的本领。如何自圆其说呢？那得看你有否发挥联想，能否从常理中找出可以链接的某些变化因素，使之恰到好处地结为一体，让人觉得既耳目一新又无懈可击。

文胜，意为先

　　文章的立意直接关系到写作的选材、布局，乃至深度。因此，语文老师应该把"文胜，意为先"的理念切实贯彻到指导学生写作这一行动上，让学生明白文章的立意有哪些讲究，从而懂得一些写作方面的技巧。

　　首先，立意要正确。文章的立意正确与否，决定着文章的成败，可见含糊不得。立意正确了，写作才会拒绝无病呻吟无的放矢，才会有水到渠成瓜熟蒂落的欣喜。否则，写作便成了无根之木很快枯槁，无源之水易于干涸。比如，让学生写一种文具，虽然冠以拟人化的题目——《好帮手》或《好朋友》，但我们也只能就此展开，同时做到所写内容及语感都必须能与题意保持高度一致。不然，其立意的正确性便无从谈起。

　　其次，立意要鲜明。文章歌颂什么、鞭挞什么，或提倡什么、批判什么，都应该彰显写作者的意图与立场。鲜明的立意是写作者确立写作态度与释放写作情感的集中反映，一旦有了写作素材后，任何一种模棱两可都有可能导致写作价值取向的弱化。所以，任何一篇成功的文章，其字里行间总是在有意或无意地流露出写作者的喜恶爱憎，即便是介绍科学知识的说明文，也不例外。由此可见，立意的鲜明性，毋庸置疑要纳入写作者的全盘计划里，即在确立文章中心主旨后不可不予以关注、予以考虑的一大因素。

最后，立意要新颖。立意新颖必在符合题意的基础上打破常规去思考去分析，找到自己独特的见解，给人以启迪。文章能打动读者之心，给读者以耳目一新之感，其写作往往总是平淡中有奇崛，质朴里蕴巧思，正所谓"文似看山不喜平"嘛！情节之一波三折跌宕起伏，内容之引人入胜耐人寻味，立意之新颖别致、奇妙突兀，无疑会给读者留下过目难忘的回想与咀之有味的享受。因此，立意的新颖性是成就好文章的不二捷径。

总之，要使文胜意为先的命题成立，写作者必须把立意的正确性、立意的鲜明性与立意的新颖性融入理性的思考，并于行文中得以恰到好处地体现。

善待后进生

　　戴一副"有色眼镜"，用截然相反的目光与态度看待班级里的优秀生与后进生，这几乎成了许多教师的通病。不信，且听一位中学生述说自己的一次体验吧——

　　他是一班之长，被老师誉为"得力小助手"，被同学捧为"学习好榜样"，被父母唤为"懂事小乖乖"。一次，在与同桌打赌，两支足球队比赛将会由哪一方夺冠，结果输了，罚当"差生"一天，于是便有了优秀生与后进生有天壤之别的感喟！

　　早上出门，他打破惯例去街上"潇洒了一回"。揣度第一堂下课了，才匆匆走向学校。进了教室，足足迟到了半个小时，迎接他的无疑是全班同学和语文老师那诧异莫名的眼神！"快坐下。如果身体不舒服，你也可以回去的。"话语里充满着亲切的关怀，倒使他感到惴惴不安了：平时同桌不就是迟到3分钟而被罚站一堂课的吗？他稍作迟疑，红着脸撒谎："只是睡过头了，没什么大碍的！"

　　"哦，那肯定是你复习得太晚了，要注意保重身体啊！"语文老师一展开"合理"的想象，惹得他的同桌愤愤不平了。因为这"后进生"

从没享受过如此的礼遇！

第二节课前，小组长来收作业本。他说没有完成，小组长却以为他在开玩笑呢。数学课上，老师狠狠地将他的同桌批评了一顿，然而对他没交作业之事只字不提。等他敲开办公室的门，准备来一番检讨，不料数学老师先开口了："其实，我早就不想让你去做那些简单的题目了。全国中学数学联赛快到了，你还是把精力放在竞赛上吧！"

为了兑现自己的许诺，让英语成绩册上挂一盏红灯，第三堂课他干脆罢考。

一到家，竟发现妈妈提早下班了。原来"明察秋毫"的班主任老师打电话到场里，说她儿子今天身体不舒服，要她带着儿子去医院看病！

这不是明摆着的一个事实么？优秀生与后进生之间隔着一扇无形而又厚重的门。始作俑者乃谁也？不言而喻！

善待后进生的呼吁之所以会从校园内疾声迸发，一个不容忽视的因素则是我们这些享有"人类灵魂工程师"之称者在教育方面尚欠火候。比如，在情感的天平上，总是过多地将砝码叠加于"优秀生"的一端，压根儿忘了去做平衡的调控、和谐的营造。顾此失彼，焉能不令人遗憾？有时面对着那些非知识匮乏即思想落后，抑或两者兼而有之的学生，只能作出摇头叹息皱眉、蹙额无奈苦笑之状，而不试图着去寻找问题的症结谋求解决的方法。久而久之，便可想而知矣。总之，要使后进生的身心也能得到良好的发展，教师必须学会善于"开发"、善于鼓励。设若一味地拿压抑或训斥为强制手段来造就着后进生的自卑心理，这不仅意味着教师的无能，同时亦属教师的罪过。由此可见，肯否为后进生付出加倍的心血与汗水，委实是对教师忠诚度的一次检阅或考验！

有经验的教师总是善待后进生。因为后进生的问题解决了，教育教学上的许多困难都会迎刃而解。想方设法地发掘后进生身上的闪光点，向他们传递着理解与关爱的信息，进而将他们学习的航船引向知识的海洋里遨游，这理应成为战斗在一线的教育工作者们为之奋斗的目标与努力的方向。也许你已听说过这样一个成才的故事吧？诺贝尔化学奖得主奥托·瓦拉赫开始读中学时，父母为他选择了一条文学之路。不料，一个学期结束，老师给他的评语是："……过分拘谨，这样的人即使有着完善的品德，也绝不可能在文学上发挥出来！"此后，父亲让他改学油画。瓦拉赫既不擅长绘图，又不会润色，对艺术的理解力也不强，成绩在班里倒数第一。学校的评语更是令人寒心："你是绘画艺术方面的不可造就之才！"面对如此"笨拙"的学生，绝大部分老师都认为他成才无望，惟独化学老师慧眼独具，发现了他做事一丝不苟，具备着做好化学实验应有的品格，建议他学化学。这一下，瓦拉赫智慧的火花被点燃了。这个在文学、艺术上"不可造就之才"居然变成了在化学方面有着远大前途的高材生。好险呐，人才的造就与埋没仅是一线之隔，脆弱得很！

有人说："从后进生身上找寻优点，正是帮助他们进步的突破口。"这话丝毫不容怀疑。试想一下，只要我们常用审慎的目光去探究后进生，并加以善意而深刻的分析，就不难得出如下结论：在后进生身上表现出来的所谓诸多缺点，都有可能隐含着某些"闪光的东西"。。由于他们给自己定的目标过低，再加上自控能力太差，因而衍生出来的破罐破碎会令人大伤脑筋。其实，这个时候，我们不妨将其上课爱插嘴看成是脑子活反应快，将其自修课时弹皮筋、抛纸条、动拳踢脚看成是精力旺盛，将其在老师面前故意搬动桌子弄出声响看成是渴望得到重视……如此一来，还有什么理由对他们不"刮目相看"呢？帮助后进生制定具体的改进计划，不急于求成不拔苗助长，并督促他们渐渐付诸于行动，相信在爱的牵引下，后进生也是可以走向阳光的！

对于后进生，我们应该有包容的眼光包容的胸怀，给予人格上的平等与尊重。"让每一位学生都能成才。"这是一切教育工作者必须牢记的座右铭，而善待后进生则是实现这一座右铭至关重要的突破口！

不是小题大做

他是一位有个性的年轻教师，思想也颇具深度。一次，与之闲聊，话题不知不觉地扯到了新一轮的课本上。他说："我觉得先前读小学时的那些课文挺好的，如讲爱因斯坦故事的《三只小板凳》，富有教育意义富有启迪功能，耐人咀嚼耐人寻味。而对新一轮入选的有些课文委实不敢恭维，像《西门豹》，那么残忍，居然将活生生的人投进河里去，尽管是为了破除迷信……"他的看法或许有些偏激，是"姑妄言之"，可我敢肯定他绝对是一位理智型的年轻教师啊。

就是这么一位头脑冷静办事稳重的年轻教师，在不久后的一天却唉声叹气地对我说，他简直是心灰意冷了。我讶然不解了，惊问何故。他满怀委屈地告诉我，他工作勤勤恳恳，却被领导曲解误会——原来他在改作时只打"勾"，不打"叉"，学生做错了，也只作"、"记号，以期改对了再打"勾"。领导检查作业发现了这种情况，硬说他改作不认真，只是敷衍塞责。他稍作辩解，便被领导内气沛然声音洪亮地打断了："对的打'√'，错的画叉，天经地义，历来如此；而你非要打破惯例，自以为是的，你这种模棱两可的做法就不怕把学生引入歧途吗？"其实，我所说的这位年轻教师在改作时只打"√"，不画叉的做法也只是步人后尘而已，可学校领导予以可笑的指责，未免也太滑稽太幼稚太浅薄了吧！

一个不争的事实：学生有喜勾恶叉的心理，教师能针对学生这一心理特征，审时度势，把关注学生发展的意向明白无误又恰到好处地融入批改的过程中，其举动显然无可非议，也明显优于以往泾渭分明式的对打勾错画叉的做法，为何学校领导却一叶障目窥而不破呢？看来，像这样的学校领导确实有清洗清洗头脑的必要，睿智的头脑才好办事。设若像这样的领导不再有鸟枪换炮的意图，还是以墨守成规的观点抑或抱残守缺的见解去评价老师用心良苦的教改，这对热衷于教改的老师来说，无疑是一种莫大的伤害，无疑是一种无情的打击！

在素质教育方兴未艾如火如荼的今天，我们教师最迫切需要的就是有以人为本、着眼于学生未来与发展的教育理念。遗憾的是这一教育理念在一些学校并没成为热门话题，致使本该值得不遗余力去推广的先进教改经验遭到了全盘否定，严重地挫伤了教改工作者的积极性，能不说是学校教育的尴尬？可造成这一尴尬的又恰恰是一些学校里炙手可热的核心人物，这不能不引发我们的深思……如果一所学校大部分教师都只能被迫无奈地受制于那些不知与时俱进，惟解刚愎自用的领导，势必会注定教育水土大片大片地流失。

"该鸟枪换炮了！"这当头棒喝式的警语不知能否见容于那些因欠缺学习与思考的领导，但我总觉得要治病救人，就不可以讳疾忌医，就应该防微杜渐。毕竟学校里的教师需要学校领导的理解、信任、关怀与鼓励；毕竟学校里的领导要比教师先知先觉，具有高屋建瓴的眼光与统揽大局的气概。学校要形成一股无坚不摧的凝聚力，决策者的言行必须慎之又慎！

用先进正确而又比较完善的教育教学理念武装头脑，并内化成一种智慧释放出一种热情，这不仅仅是教师应该具备的素养，更是学校决策者要切实过好的一个大关。这全然源于国运兴衰系于教育，教育振兴系于教师；而学校的领导则是教育的中流砥柱，教师的表率，教师的"领头雁"啊！

追溯 想象力的

　　有人说：“想象力比知识更重要。”这话确实颇有道理，因为知识只不过是经验的积淀，而想象力则是开启再造之门的动力所在，两相比较，孰轻孰重也就不言而喻了。

　　据说，宋朝时期举行过一次绘画比赛，题目是“踏花归去马蹄香”。诗意明了，但画得切题并不是一件容易的事，因此许多画家挠耳摸腮，无从下笔。画交上去后，考官逐一审阅，大多平庸无新意。他们虽然都画了满地的落花，画了骑马扬鞭的人，可并没把“香”字凸显出来。考官正在惋惜之际，忽然双眸一亮，一幅作品吸引了他。仔细谛视，不由得拍案叫绝。原来这幅作品里仅画了一匹马，再在蹄旁加了几只飞舞着的蝴蝶，此外没有别的东西。虽说简洁得不能再简洁了，然而它却具有撼人心魄的力量。这撼人心魄的力量究竟来自于何处呢？我想：那画家的聪明之处就在于他有一种化腐朽为神奇的本领；而形成这种本领则完全得益于他那美妙无比的想象力。试想一下，蝴蝶为何绕着马蹄飞舞？不就是马蹄上沾粘着落花的香气吗？马蹄上怎么会沾粘着落花的香气？

不就是因为这匹马刚从满地落花里踏奔而来吗？由此可见，想象力是一种多么奇妙的东西，它能让人看到许多不在眼前的事物竟可真切地呈现出来。

奇妙的想象力到底是从哪儿来的呢？我觉得下面的故事可以让你从中找到一个满意的答案。某地有位财主，家境富裕，可人到中年，依然膝下无子。为此，他很苦恼。一日，他家的围墙外来了一位道士，是打卦的。那道士沿着墙根绕走了一圈，见住宅周边栽了不少果树，枝头上挂满了熟透的果子而无人采摘，不禁疑窦丛生。当他信步踱到庭院里，看见一犬卧趴于屋檐底下闭目养神，连陌生人进来也没狂吠一番，便忽有所悟。恰在此时，一位身体发胖的男子从里屋出来。道士赶紧迎了上去，嘴里嘟囔着："可惜呀，可惜！"财主听了，不解地问："您为何有此感喟？"道士故作神秘地说："天机不可泄露也。"财主追问不休，道士犹豫再三，才吞吞吐吐地讲开了："不瞒您说，我刚才替贵宅卜了一卦。卦象显示，贵宅旺财而不旺丁也！"财主一听，愣住了，之后点头道："您这一卦卜得真准！"话毕，便转身回屋拿钱去了……

光阴如白驹过隙，眨眼间已是十年过去了。又是果熟时节。道士又一次光临财主家的庭院。这时候的财主家不再是庭院寂寂了——几个岁数不一的孩童正绕着院子里的秋千架在相互追逐嬉戏，玩得津津有味。道士抬起头看看周围的果树，挂在枝头的仅是几颗残果而已。这时，财主正好从外头进来，他满面红光，丝毫没有当年的忧心忡忡了。财主见了道士，要求再卜一卦。道士说："不必了。贵宅如今是丁财两旺！"财主惊讶了："您原来有未卜先知的本领啊！"道士只是抿嘴一笑，就走开了……

你也许会纳闷：道士真有未卜先知的奇异功能吗？答案显然是否决

的。其实这个故事告诉我们：生活中大量信息的获得都离不开人的观察、想象与判断。而观察是想象的源泉，想象则是构筑判断的基石。正确的判断总是从合理的想象中得来的，而合理的想象又是以细致入微的观察为依据。所以，想象力就如一座桥梁一条纽带，一端连着肉眼可以看到的事物表相，另一端却维系着隐藏于事物背后的东西。一旦缺失了，人就会变得愚钝不堪！

教育需要机智

　　教育需要机智，因为教师所面临的是一群个体差异智能不同的学生；教育需要机智，因为教师所面对的是一项变化不息的工作。设若我们的课堂可以忽略教育机智，亦即不去关注学生的内心需求，只是在照本宣科，势必会磨洗掉学生有棱有角的个性，这是课堂教学的悲哀，也是教育的极大失误。为了让课堂教学的悲哀或教育工作中的失误找不到市场，我们的教师就得运用能体现教育才干与教育艺术的机智来演绎课堂诠释理念，保证学生心灵上的自由舒卷，使课堂教学勃发出无尽的生机活力。

　　教育机智能使一些课堂勃发出无尽的生机活力，开先河成典例的可谓多矣。印象最深刻的莫过于有两位老师对同一教材在处理上表现出大相径庭的教学风格。《丑小鸭》是一篇深受学生喜爱的童话故事。爱思考的学生总会好奇地提出这样一个问题：天鹅蛋为何会跑到鸭妈妈孵的蛋里头去呢？一位教师是这样处理的："我说过要提有意义的问题，这只是安徒生编造出来的一个故事，虚构的，恐怕连他自己也没想过这一问题吧，不把天鹅蛋放到鸭蛋堆里去，哪来的《丑小鸭》这个故事？

下次少提这类没有价值的问题，以免扰乱了课堂秩序，同学们会有意见的！"可想而知，课堂气氛一下子变得沉闷不堪了。而另一位教师的处理方法却让人拍案叫绝："这个问题提得真好，你总能问出他人想不到的问题来。也许作家故意不告诉大家吧，想让你们猜一猜。老师也很想知道这究竟是怎么一回事，你们感兴趣的话，不妨编一编天鹅蛋来历的故事。看谁的想象最丰富最合理。我相信在你们当中准会有另一个安徒生存在的！"这富有挑战性的话语一说开，结果全班学生都编出了一个个鲜活传神的故事。领略了两种截然不同的教学风格，我们自然要为前者感到惋惜，而要为后者大声喝彩。一个关键的理由就是缺乏教育机智的教师总是以本为本，给学生框框限限，画地为牢；而富有教学机智的老师总能抓住契机，因势利导。面对着创新思维火花的闪现，缺乏教育机智的老师总是迎头浇下一瓢冷水，而富有教育机智的老师总要加入助燃的酒精。

课堂需要机智，这不止是学生会冷不防地提出有关课堂内容之外的一些"怪"问题，有时也会取决于"突发事件"之上。记得有这样一个案例：一位成绩不太理想的学生还没有听明白老师的提问，看到周围的同学竞相举手，他也举起手了。这可是破天荒的一遭啊，老师很高兴，便让他站起来回答，可他连一句话都答不上。于是，老师在暗地里与他约定，不懂举左手，懂了举右手。结果这孩子举右手的次数多了，据说最后以优异的成绩考上了大学。这不正是教育机智所创造出来的一大奇迹吗？创造的种子人人都有，只是未必有合适的土壤使之破土萌芽。基于此，给自己的学生提供一片能使之创造种子萌芽的土壤，此乃每一位教师都应该引起高度重视的课题。

课堂需要教育机智，这是任何一位教师都会遇到的挑战。教室里偶尔飞进一只小鸟抑或一只蜻蜓之类的事件是极有可能发生的，而这类突发事件又很容易把学生的注意力吸拽过去，那作为教师的我们该如何处理呢？解决的办法显然不止一个，就看你的机变智慧了。要让陷入僵局的课堂出现"柳暗花明"的转机，没有教育机智的介入，肯定会留下遗憾的。

谙熟于课堂教学的老师，他们最大的优点就是能在权衡利弊中决定取舍。满足学生内心深处合理的需求，不抑而导永远是教育教学立于不败之地的法宝。

课堂需要教育机智，因为我们服务对象的头脑不是简单地等待着填满的容器，而是渴求燃烧的火炉；课堂需要教育机智，因为教师面临着的是一道靠思索才有答案与出路的作业！

向思维要质量

　　一位画家要考核三个孩子的创意，布置他们每人作一幅画，要求是用较少的笔墨画最多的马。结果学生甲画了很多马，学生乙画了不多马，学生丙只画了一匹半，而那半匹则刚出一座山。画家逐一观罢，对学生丙的构思拍案叫绝。说来也不足为怪，人们对高优质量的思维总是激赏不已啊！

　　无独有偶，记得在《写作掌故》一书里也有个故事，讲述了类似的问题。北宋末年，一次朝廷画院招考画师，题目是"万绿丛中一点红"。应考者们审题之后，都一丝不苟地画了起来。有的画了一片绿茵茵的草地上，一朵红艳艳的花儿绽放，色彩对比非常鲜明；有的画了绿树丛中露出一段红墙，也算切题；还有的画了一片苍翠的送林中，一棵古松之上独立着一只丹顶鹤……最后，画师从所有的画稿里遴选出两幅。一幅是在一片绿杨掩映着的高楼上，凭栏站立着一位娉婷多姿的少女，她正在沉思着，那红色的唇脂格外鲜艳，与周围的绿树相互辉映；另一幅的画面上是汪洋大海，万顷碧波之上，一轮红日正喷薄而出，气势磅礴，境界辽阔。成绩揭晓后，考生们无不被那入选的两幅杰作征服了。是啊，高优质量的思维形之于画，带给人的定然是过目不忘与刻骨铭心！

思维本来是无形无态的，但它完全可以借助于线条的勾勒化为可视之物凸显而出。由于表达方式上的不同，画面上潜蕴着的思维质量也就有高下之分优劣之别。我们向思维要质量，目的无非是为创新的发轫做好切实有效的铺垫。

中国的教育提倡个性和创造力已有不少时日了，而我们教师扮演的权威角色依然没有彻底改变。这一不容乐观的现状不仅阻碍了孩子们的成长，还严重地制约着教育发展的步子。为此，创新教育被提上议程，且于各大媒体作大张旗鼓地宣传。创新无愧无怍地成为当今教育的主流，向思维要质量也就势不可免地成为教育者们为之奋斗的一大目标！

向思维要质量，教师首先就得创设一切有利条件，保证学生的想象力不受压抑，能淋漓尽致从分自由地发挥。否则，想象力的窘迫会导致学生的思想如失水的植物日趋枯萎，不著生机。

向思维要质量，教师还需引导学生在认识事物时重在有深度地发掘，透过表面看实质，切忌流于形式，蜻蜓点水般浅尝辄止。譬如学《月光曲》里的一段话："皮鞋匠静静地听着，他好像面对大海，月亮正从水天相接的地方升起来，微波粼粼的海面上，霎时间洒遍银光。月亮越升越高，穿过一缕一缕轻纱似的微云。忽然，海面上刮起大风，卷起巨浪。被月光照得雪亮的浪花，一个接一个朝岸边涌过来……皮鞋匠看看他妹妹，月光正照在她那恬静的脸上，照着她大大的眼睛，她仿佛看到了，看到她从来没有看到过的景象，在月光照耀下波涛汹涌的大海。"学生仅知道这段话是在如实记录皮鞋匠与其妹妹听贝多芬弹拨钢琴曲时的各自反应，显然是不够的。透过这段朴实无奇的文字，还应看到文字的背后隐藏着贝多芬先徐后疾、由弱转强的弹拨过程，与他那高超卓越精湛无伦的弹技，更重要的还在于这段文字的描写反映了贝多芬对穷苦人生命的关注。

向思维要质量，教师的鼓励是不可或缺的。教师要鼓励学生具备挑战权威突破传统的眼光与胆魄；鼓励学生形成与众不同的独到见解，鼓励学生提出求异立新的不俗看法。

欲为创新鼓与呼，我们是不可以漠视于向思维要质量的！